Chiara Fabiano
Eindrücke eines Mädchens
Kurzgeschichten

Chiara Fabiano

Eindrücke eines Mädchens

Kurzgeschichten

Impressum

Bibliografische Information der Deutschen Nationalbibliothek: Die Deutsche Nationalbibliothek verzeichnet diese Publikation in der Deutschen Nationalbibliografie; detaillierte bibliografische Daten sind im Internet über http://dnb.dnb.de abrufbar.

Die automatisierte Analyse des Werkes, um daraus Informationen insbesondere über Muster, Trends und Korrelationen gemäß §44b UrhG („Text und Data Mining") zu gewinnen, ist untersagt.

© 2024 Chiara Fabiano

Verlag: BoD · Books on Demand GmbH, In de Tarpen 42, 22848 Norderstedt

Druck: Libri Plureos GmbH, Friedensallee 273, 22763 Hamburg

ISBN: 978-3-7597-8823-8

Inhaltsverzeichnis

BERTOLT BRECHT

Der Radwechsel

Ich sitze am Straßenhang.
Der Fahrer wechselt das Rad.
Ich bin nicht gern, wo ich herkomme.
Ich bin nicht gern, wo ich hinfahre.
Warum sehe ich den Radwechsel
Mit Ungeduld?

VORWORT

Ich mag Geschichten über starke Menschen.

Ich glaube ich muss den Satz noch einmal überdenken…

Ich mag Geschichten über Menschen. Als stark werden sie bezeichnet, weil sie in ihrem Leben Dinge getan haben, die ihre Gesellschaft als „rebellisch" angesehen hat. Eigentlich jedoch waren es Dinge und Handlungen, die heutzutage, als alltäglich angesehen werden sollten – und es dennoch nicht sind.

Ich denke mir gerne Geschichten aus, gerade in diesem Moment arbeite ich parallel noch an einem anderen Projekt, meine Mutter, die wohl strengste meiner Literaturkritiker, sieht es als „meinen großen Durchbruch" an. Ich kreiere Charaktere, gebe ihnen einige meiner Charakteristika, baue Geschichten um sie herum, weil ich denke, irgendwie muss ich mit meinen Erlebnissen abschließen, irgendwie muss ich das alles verarbeiten. Ich denke, meine eigene Geschichte ist dafür zu langweilig, niemand möchte so etwas lesen. Ich mache das, was ich als Schülerin jahrelang an den Texten anderer Autoren und Autorinnen analysiert habe: die Reflexion ihres eigenen Lebens anhand ihrer fiktiven Texte. Vielleicht möchte ich als Autorin aber auch subtil sein, denn wenn meine Charaktere fiktiv sind, kann sie niemand automatisch mit mir in Verbindung bringen. So entgehe ich der direkten Kritik, der Reaktion auf mein ganz eigenes Reales, es ist ja schließlich immer noch nur die Realität meiner Charaktere und nur partiell meine. Vielleicht schreibe ich aber auch Geschichten für die Figuren, die ich mir für mein eigenes Leben gerne gewünscht hätte, erfinde jene Abenteuer, die ich selbst gerne erlebt hätte und erfüllte meinen Figuren alle Wünsche, die ich mir selbst gerne erfüllt hätte. Sicherlich schreibe ich aus vielerlei Gründen.

Die Texte in diesem Buch habe ich zehn Jahre lang geschrieben und verborgen gehalten, weil sie eine Art meiner Realität zeigen, auf die ich lange nicht stolz gewesen bin. Und heute frage ich mich wieso, denn all das, was mir widerfahren ist, lag nicht in meiner Hand. Ich habe keinen Grund meine Gedanken zu verstecken und keinen Grund diesen Teil meiner Vergangenheit geheim zu halten. Ausnahmsweise denke ich, dass meine Realität auch jene tausender anderer Menschen ist.

Die Gründe zur Entstehung dieser Geschichten sind simpel: ich habe in der Literatur verarbeitet, was ich lange nicht verarbeiten konnte. Ich habe jahrelang aufgeschrieben, was zu schwer für meinen Kopf gewesen ist, habe auf Papier gebracht, was ich mich nicht traute, laut auszusprechen. Für mich gibt es kein Vergessen, es gibt nur ein Verstehen. Heute sollen sie eine Erinnerung an harte Zeiten sein, eine Erklärung an mein jetziges Ich, das noch heute oft sehr hart zu sich selbst ist. Dies sind persönliche Geschichten, geschrieben von einem Mädchen. Ein Mädchen mit vielen Eindrücken.

Ich erhoffe mir mit diesen Texten keine Rückmeldung auf meine Erlebnisse, kein psychologisches Fremdinterpretieren, ich möchte nicht therapiert werden, und meine Eindrücke sollen so stehen, wie sie sind. Ich habe versucht ein Buch zu schaffen, eine Geschichte von einem Mädchen, so wie all die Geschichten, die in meinem Ikea Kallax Regal fein aneinandergereiht stehen. „Jane Austen und die Welt der Worte, Lehrerin einer neuen Zeit."… „Chiara Fabiano und die alten Kamelle ihres Lebens." Ich finde diesen Ausdruck auf vielerlei Hinsicht sonderlich. Meine, aus dem Rheinland stammende, Familie benutzt den Ausdruck „Kamelle" (Süßigkeiten, Bonbons) recht gerne. „Mein Gott, das sind doch alles alte Kamelle!" Dieser Satz hat sich so in mein Gedächtnis eingebrannt, denn ich höre ihn tatsächlich auch heute noch recht oft, wenn ich versuche über meine Vergangenheit zu reden. Also hier: das meine die alten Kamelle, von denen ich jahrelang gehört habe sie würden niemanden mehr interessieren und seien es nicht wert wieder hervorgeholt zu werden. Ich schreibe das hier nicht, weil ich besonders Fortschrittbringende Sachen entdeckt habe, oder aber, weil ich laut gesellschaftlichem Empfinden etwas Besonderes gemacht habe, ich schreibe das, weil alles, was ich erlebt habe, so unfassbar alltäglich ist. Weil es eine Millionenanzahl an Lesern gibt, die auf Geschichten warten, mit denen sie sich identifizieren können, weil sie real sind.

Ich habe so viele Jahre den Wald vor lauter Bäumen nicht mehr gesehen, war überwältigt von allem, was ich berichten wollte, wusste nicht, wo alles seinen Ursprung hat.

Eine beliebte Vorgehensweise in der Psychoanalyse ist das Monologisieren des Patienten. Durch das pure, ununterbrochene Erzählen offenbaren sich ihm die größten Konflikte seines inneren Kindes. Ich glaube, dass die häufigsten Probleme, die Erwachsene mit ihrer mentalen Gesundheit haben jene sind, die entstehen, weil sie sich nicht mit ihrem Leben auseinandersetzen, weil sie nicht reflektieren, nicht hinterfragen. Wir verstehen oft nicht, warum unsere Emotionen sich so anfühlen, wie sie es tun, weil wir nicht wissen, wer wir sind, warum wir so sind, und weil wir unser inneres Kind nicht mehr vor uns sehen. Oder aber, weil wir wissen, dass, würden wir es aus uns hervorholen, unser inneres Kind noch immer vor uns stehen und auf das gleiche Unverständnis treffen würde, wie bereits damals. Ich habe viele Dinge in meinem jungen Leben erlebt, habe viele Kämpfe gekämpft und oft geglaubt, dass es nicht mehr weiter gehen würde. Aber ich sage euch etwas: es geht immer weiter.

In diesem Buch befinden sich zehn Jahre meines Lebens, zehn Jahre meiner Eindrücke und meines inneren Kampfes mit mir selbst. Ich habe absichtlich weder Jahreszahlen noch Altersangaben erwähnt, weil ich möchte, dass jeder, egal welche Situation, welches Alter, welches Geschlecht, was auch immer, die Chance hat meine Eindrücke zu lesen und so für sich zu interpretieren, wie man diese Worte fühlt. Viele der Texte stammen noch aus meiner frühen Schulzeit, andere kommen aus meiner Zeit als Studentin und ich habe alle so gelassen, wie sie sind, auch wenn sie meinem heutigen Standard wahrscheinlich literarisch nicht mehr genügen würden. Ich möchte sie genau so unperfekt und unverändert lassen, wie ich sie damals geschrieben habe. Manche sind fiktiv, andere erzählen aus meinem Leben. Letztlich möchte ich, dass all ihr dort draußen wisst, die dieses Buch gerade lesen und sich mit der ein oder anderen Stelle identifizieren können: ihr seid nicht allein. Wir alle haben das Recht fühlen zu dürfen, was wir fühlen, mit uns zu hadern, zu versagen, unglücklich zu sein, wir haben ein Recht darauf unsere Geschichte erzählen zu dürfen.

Ich möchte dennoch darauf hinweisen, dass einige der Texte sehr schwer sein können. Es werden emotional schwer verdauliche Dinge geschildert, wie Mobbing, Selbstzweifel und Trauer.

Passt auf euch auf, fühlt euch gedrückt und danke, dass ihr mir eine Stimme gebt.

Eure Chiara

ANDERS SEIN

Manche Menschen sind anders. Andere sind normal. Und alle wollen etwas Besonderes sein, während sie eigentlich normal sind. Jeden Morgen stehe ich vor dem Spiegel. Was sehe ich? Ich sehe ein Mädchen. Ich sehe mich selbst. Jedenfalls sage ich mir das, denn gleichzeitig kommt mir der Gedanke: „Ich mag mich nicht". Ich höre die Leute, die lachen. Ich sehe die Augen, die mich beäugen, als wäre ich ein Tier im Zoo. Und ich bemerke die Münder, die über mich sprechen, wie über ein Fernsehprogramm, das sie erst am Vorabend gesehen hatten. Sie sprechen über mich, weil ich so anders bin. Ich trage meine Kleider, denn Hosen sind nicht mein Geschmack. Meine Haare kräuseln sich, denn ich mag sie nicht glatt. Auf meinem Rücken trage ich einen Rucksack, denn eine Handtasche wäre mir zu schwer. Stets befindet sich ein Buch unter meinem Arm, denn es ist mein bester Freund. Menschen bemerken das, was anders ist. Einmal anders, für immer anders. „Es ist nur ein Scherz", sagen sie nach einem weiteren schmerzenden Kommentar. „Ich weiß", sage ich. *Aber es schmerzt*, denke ich mir. Wer anders ist, ist verletzlich, denn man ist allein unter vielen Anderen. Die Leute lachen, sie sprechen, sie glotzen und das alles nur, weil jemand anders ist. *Ich möchte mich verstecken*, denke ich.

Ich möchte normal sein, denke ich. Aber kann ich dieses Normalsein jemals erreichen? Ich kann mir eine Hose anziehen, ich kann die schweren Bücher in eine Handtasche packen und das Buch zu Hause heimlich weiterlesen, doch niemals wäre ich eine andere Person. Mein Anderssein ist viel mehr. Ich muss es sein. Die Menschen lachen, sie reden, sie glotzen. Wenn nicht über mich, dann über jemand anderen. Irgendwann kommt der Moment, in dem ist plötzlich alles anders. Ein Lichtstrahl am Himmel, der Aufgang der Sonne. Der Moment, in dem man den Menschen anfängt zu lieben, der man ist. Liebt, für dieses Anderssein. Die Menschen können lachen, sie können reden, sie können glotzen, doch eins werden sie mir nie nehmen können: Das *Anderssein*. Ich kann mich kleiden wie sie, mich so verhalten wie sie, aber letztlich, bin ich das Mädchen im Kleid. Den schweren Rucksack auf dem Rücken, gehe ich meinen Weg, das Buch unter dem Arm, denn es ist mein bester Freund. Man selbst zu sein ist die größte Mutprobe, die zu absolvieren ist, doch sie macht uns glücklich. Ich bin froh über dieses kleine bisschen Anderssein, denn ich weiß, dass ich mit meiner Individualität Menschen Mut mache. Irgendwo auf der Welt gibt es ein kleines bisschen Glück, und ich träume davon in jedem Augenblick. Irgendwann ist plötzlich alles anders. Wir müssen Hoffnung haben. Wir, die Menschen, die anders sind.

SCHWARZE STIEFEL

Habt ihr schon einmal ein geliebtes Paar Schuhe weggeworfen und dabei gedacht, dass mit diesem einen Paar Schuhe auch ein Teil eures Lebens vorbeizieht? Habt ihr schon einmal einen Gegenstand in der Hand gehalten, der unglaublich viele Erinnerungen barg und euch dennoch dafür entschieden ihm auf Wiedersehen zu sagen? Denn in meinem Fall waren es ein paar Schuhe. Schwarze Stiefel. Ich habe meinen Schrank ausgemistet, und aus den weiten Tiefen dieses ungewissen Schrankes zog ich dann plötzlich ein paar schwarze Stiefel hervor, bei deren näherer Betrachtung ich lächeln musste. Es ist nicht so, als habe ich diese Schuhe jeden Tag getragen und abgöttisch geliebt, und dennoch: als ich sie in der Hand hielt, zogen die letzten sechs Jahre meines Lebens, wie ein Film an mir vorbei. Ich sah den Moment, als ich diese Stiefel kaufte, weil sie mich so sehr an den Film „*Die Bücherdiebin*" erinnerten. Damals war ich vierzehn und habe die gefütterten Stiefel bei dreiunddreißig Grad im Sommer getragen. Tag ein, Tag aus. Dann sprang ich zu dem Moment, an dem ich wusste, ich würde die Schule wechseln und mein ganzes Leben hatte sich innerhalb von sechs langen Momenten verändert. An meinem ersten Schultag an der neuen Schule

17

schnürte ich mir morgens, mit vor Aufregung zitternden Händen die schwarzen Stiefel. Als ich endlich sechzehn wurde trug ich die schwarzen Stiefel zu einem roten Tüllkleid und war ganz stolz auf den winzigen Teil dazugewonnene Freiheit. Plötzlich sah ich mich an dem Morgen, als ich das erste Mal nach London flog, die Stiefel an meinen Füßen und das laute Klackern der winzigen Absätze auf dem Asphalt vor dem Houses of Parliament. Ich erinnerte mich an das Glück, an die Freude, an das Gefühl dieser besonderen Momente, die ich erleben durfte und an die Veränderungen der letzten Jahre, in denen ich zu einer Version von mir geworden bin, die ich so noch nicht kannte. Dann sah ich mich mit den Stiefeln an meinem ersten Tag an der Universität, wie ich vollkommen aufgeregt zum Hörsaal ging und auf dem Weg bemerkte, dass sich die Schnürsenkel gelöst hatten. All diese Erinnerungen, all diese Emotionen durchlebte ich erneut, während ich nur ein einziges Paar Stiefel in meinen Händen hielt. Und mir wurde klar, dass dieses Mädchen, das sie damals aus dem simplen Grund gekauft hatte, dass die Stiefel sie an ihren Lieblingsfilm erinnerten, auch heute noch ein Teil der Frau ist, die ihren Schrank auszumisten versuchte. Verwunderlicher Weise, entschied ich mich Abschied zu nehmen und legte die Stiefel sanft zu den sonstigen aussortierten Sachen, von denen jedes einzelne Teil ein Fragment von losgelassenen Erinnerungen war.

Für viele bergen bestimmte Gegenstände Erinnerungen, die wir immer wieder abrufen, wenn wir denn den Gegenstand in unseren Händen halten. Nun war es für mich dieses Paar Stiefel, welches mich auf einer Episode meines jungen Lebens begleitete und in ein paar Jahren, wer weiß, da könnte es ein Schal sein, ein Parfum, ein Buch, ein Kamm, vielleicht auch eine Kette, die mich an mein jetziges Ich erinnert, so wie mich die Schuhe an ein längst vergangenes Ich erinnerten. Ich entschied mich dafür die Schuhe gehen zu lassen und mit ihnen eine Version von mir, die es einmal gab und die mich zu der Person gemacht hat, die ich jetzt bin. Es ist mir etwas bewusst geworden, denn trotz, dass die Stiefel nun nicht mehr in den Tiefen meines Schrankes auf mich warten, tun es meine Erinnerungen ganz bestimmt. Und jedes Mal, wenn mir nach Ausmisten zumute ist, kann ich sie hervorholen und sie betrachten, als wären sie ein abgelegtes Paar Stiefel.

Man fühlt sich so furchtbar einsam auf der Welt.

Wo ist mein Platz, wo gehöre ich hin?

Warum… werde ich nicht verstanden?

Dieses ständige Gefühl nicht man selbst zu sein, ist wie eine innere Zerstörung, denn wie man es auch macht, wie man sich verhält, wie viel man auch arbeitet, man fühlt sich nie genug.

Was muss man erfüllen, um *genug* zu sein?

DER ROTE MANTEL

Es regnete. Mit einer leichten Handbewegung griff sie den Gürtel ihres Mantels und zog ihn sich enger um die Taille. Der Regen prasselte laut auf ihren Regenschirm und perlte an den Seiten herab. Dumpf klackerten die Absätze ihrer Pumps auf dem Asphalt und taten jeden ihrer Schritte kund. Der Weg vor ihr war wie ein langer, eintöniger Tunnel, in dem man bloß nach dem hellen Licht suchte, das den Ausgang signalisierte. Sie schluckte. Die Menschen gingen an ihr vorbei, eine Welle aus schwarz und braun. Braune Mäntel, schwarze Schals, schwarze Mäntel, braune Schals. Sie mit inbegriffen. Genau deshalb fiel er ihr im Augenwinkel auf. Erst sah sie bloß ihr Spiegelbild im Schaufenster, ein verschleiertes, wässriges Abbild aus braunem, und schwarzem Stoff, mit einem violetten Regenschirm über ihrem Kopf. Doch ein kräftiges Rot durchbrach die monotone Farbeinheit. Es war ein Mantel mit glänzenden Knöpfen, an der Taille anliegend und nach unten hin weit ausgestellt. Sie betrachtete den Mantel, in dessen glänzenden Knöpfen sie ihr Spiegelbild erblickte. Einen Mantel, wie diesen trug man nicht einfach so. Der Mantel trug die Frau. Aber rot hatte ihr noch nie gestanden. Schwerfällig riss sie sich von dem Anblick des Mantels los und beobachtete, wie ihr Spiegelbild aus den polierten Knöpfen verschwand.

Der Weg erschien ihr wie eine Ewigkeit. Eine nie endende, braun-schwarze Ewigkeit. Als sie das Café erreichte, stieg ihr die warme Heizungsluft ins Gesicht und verlieh ihren Wangen eine unnatürliche Röte. Sie hing den nassen Mantel an die Garderobe, kontrollierte die Hochsteckfrisur im Spiegel und zog sich ein wenig an dem Kragen ihres Pullovers. Schon von weitem sah sie sie am Tisch sitzen. Die Ketten an ihrem Fuß rasselten laut, als sie sich auf sie zu bewegte. Beide sahen sie sie mit großen Augen an. Er sah aus wie immer. Sie war älter geworden.

"Welch ein scheußliches Wetter", bemerkte ihre Mutter. Der Kellner kam und brachte ihr Stumm einen Milchkaffee, den gleichen, den sie immer trank. Sie legte die Hand um die Tasse und roch an dem dunstenden Kaffee. Ein so vertrauter Geruch.

"Du siehst verändert aus", bemerkte er. Seine Stimme ließ sie zusammenzucken und so wandte sie sich von dem Kaffee in ihrer Hand ab und sah ihn an.

"So, dabei fühle ich mich gar nicht verändert", ihre Antwort war knapp und rau. Ihre Mutter legte sich die Daunenjacke auf den Schoß und lächelte gestellt.

"Schlecht siehst du aus". Sie riss ihren Blick von ihm und betrachtete nun ihre Mutter, fest und standhaft. "So, dabei geht es mir gar nicht schlecht", sie nahm einen weiteren Schluck ihres Kaffees. "Es ist schön, dass du gekommen bist", bemerkte er, doch sie sah nicht zu ihm auf. "Wir hätten nicht damit gerechnet", bestätigte ihre Mutter. Sie lächelte und hob die Augenbrauen. "Welchen Grund hätte ich, nicht zu kommen, wenn ihr danach fragt?".

"Ich glaube das weißt du selbst am besten", gab ihre Mutter zurück und holte sich ein Taschentuch aus ihrer Handtasche. "Ich wusste nicht, dass ihr noch Kontakt habt". Sie war jedoch nicht allzu überrascht, denn ihr war klar gewesen, dass es so sein musste. Er lächelte ihre Mutter an. "Warum nicht? Nur weil-", "Nur weil wir keinen mehr haben?", fiel sie ihm ins Wort. Ihre Mutter bedachte sie mit einem strengen Blick, während er seinen Kopf senkte. "Ich habe es für gut gehalten, den Kontakt aufrecht zu erhalten. Immerhin war es deine Entscheidung zu gehen. Von uns allen". Es schwangen tausend Speerspitzen aus den Sätzen ihrer Mutter hervor und trafen sie an allen Körperstellen. "Ich habe mich nie entschieden zu gehen. Ihr wolltet mich nicht dahaben. Ihr habt es nun einmal nicht verstanden", verteidigte sie sich müde. Ihre Mutter schnaufte.

"Wer könnte das auch schon? Ich hätte mir etwas anderes von meiner Tochter gewünscht. Ich hätte mir gewünscht, dass-", "Dass ich das getan hätte, was ihr gerne gesehen hättet. Was für euch am bequemsten gewesen wäre." Er sah sie mit trüben Augen an. "Du bist einfach gegangen. Du hast dich dafür entschieden zu gehen, dich zu isolieren, von jedem der dir etwas bedeutet." Doch sie schüttelte nur den Kopf.

"Ich hatte mich schon lange entschieden zu gehen. Ich konnte diesen Schmerz nicht länger ertragen." Ihre Mutter funkelte sie mit zornigen Augen an. "Ich bitte dich, was hattest du schon für einen Schmerz? All die Jahre hast du all die Bequemlichkeit genossen, die er dir geboten hat, hast

Unterstützung erfahren, du interessierst dich für deinen Schmerz? Wann denkst du mal an den unseren, an den seinen? Was er erlitten hat?". Salzige Tränen der Wut liefen ihr über die Wangen.

"Du hast den Schmerz, den ich erlitten habe, jahrelang nicht gesehen." Er fing an zu schluchzen und ihre Mutter legte ihm die Hand auf die Schulter. "Es tut mir so leid, ich dachte nach all der Zeit würde sie es einsehen", sagte sie sanft, so sanft, wie sie sich gewünscht hätte, dass ihre Mutter zu ihr gewesen wäre. Aber sie wusste, dass sie nicht einfach gegangen war, sie wusste, dass sie nicht für den Schmerz verantwortlich war, den alle verspürten, als sie die Entscheidung getroffen hatte. Sie sah ihn an, schluckte und erklärte ihm leise: "Ich kann nicht länger für deinen Schmerz verantwortlich sein." Er betrachtete sie lange, seine Augen waren mit Wasser gefüllt, seine Lippen bebten, doch nach einiger Zeit lächelte er kaum merklich und nickte. "Ich weiß aber, dass ich für den meinen verantwortlich bin, und damit muss ich leben. So wie du mit deinem leben musst. Der Schmerz, den wir verspüren, wenn sich etwas verändert kommt nicht einfach von heute auf morgen. Diese Veränderung ist ein langer Prozess. Er war schon immer da, aber du hast ihn ignoriert." Als sie den letzten Satz sprach, sah sie bewusst ihre Mutter an. Diese nahm ihre Hand von seiner Schulter. "Ich fühle mit dem Schmerz des Leidenden", sagte sie und knetete ihre Finger, als müsste sie sich rechtfertigen. „Nur weil eine Wunde nicht offensichtlich ist, heißt es nicht, dass es keine gibt. Du hast die meine nie gesehen und deshalb geglaubt sie sei nicht da, mein Weggehen hast du als Egoismus abgetan, als hätte es mich nicht in tausend

Stücke gerissen, meine Distanziertheit hast du als absichtliches Herausziehen aus unserer Familie bewertet. Ihr habt mein Handeln verurteilt, ihr habt mir gesagt ich müsse mit Gegenwind für meine Taten rechnen. Diesen Gegenwind habe ich angenommen", erklärte sie mit zitternder Stimme.

"Aber ich kann mir nicht länger die Schuld daran geben, dass es für euch nicht so gelaufen ist, wie ihr es euch vorgestellt habt. Es ist Zeit, dass ich mir vergebe, auch wenn ihr es nicht tut." Ihre Mutter atmete stoßartig. "Ich bitte dich, was erzählst du denn da?", fragte diese aufgebracht, doch sie zuckte bloß mit den Schultern. "Warum habt ihr gewollt, dass ich komme?" Er schüttelte den Kopf und richtete sich auf. "Du siehst verändert aus", bemerkte er erneut. "Du siehst nicht mehr aus, wie du". Sie lächelte schwach.

"Vielleicht hast du dieses Ich an mir bloß nie gesehen". Einen Moment lang sahen sie alle drei aus dem Fenster und beobachteten den leisen Regen und dieses Bild von schwarz und braun. Das Gesagte schwebte über ihnen ihm Raum, wie eine Gewitterwolke, die nur darauf wartete, die ersten Blitze loszutreten. Doch dann verzog sich die Wolke und der Regen ebbte langsam ab. "Ich habe einen roten Mantel gesehen", sagte sie plötzlich. Ihre Mutter bedachte sie mit einem skeptischen Blick. "Rot hat dir noch nie gestanden".

Wie aus dem nichts, kam der Kellner und räusperte sich laut, als er ihre leere Tasse auf sein Tablett stellte. "Wünschen Sie bereits etwas zu bestellen, oder warten Sie noch auf jemanden". Sie blinzelte die Tränen aus ihren Augen und sah zu den leeren Plätzen ihr gegenüber, von denen sie wünschte, dass dort wirklich jemand gesessen hätte.

"Nein, danke, ich möchte gerne bezahlen". Dann stand sie auf, nahm ihre Tasche und verließ das Café. Sie ging den langen Tunnel zurück und stoppte bei genau dem gleichen Schaufenster, wie zuvor. Bei ihrem Anblick in den polierten Knöpfen lächelte sie und bemerkte erst jetzt, dass sie ihren Mantel hatte in der Garderobe hängen lassen. Als sie den Laden betrat, sich den Mantel vom Bügel nahm und mit ihm an die Kasse trat, begrüßte sie die Inhaberin, tippte den Preis in die Kasse und bemerkte: "Ein schöner Mantel. Dieses Rot steht wirklich nicht jedem". Sie lächelte. "Ich weiß. Aber mir steht es."

Ich habe oft einfach so furchtbare Angst zu versagen.

Mir wird überall das Wissen und der Weg der Wissenschaft vermittelt, doch sind es die freien Künste, die mich anziehen. Ich frage mich so häufig, ob es überhaupt möglich sein kann mich nur auf meinen Geist *oder* meinen Körper zu stützen, denn ich kann mich zwischen dem, was mir am Herzen liegt, und dem, was meiner Familie für mich am Herzen liegt, nicht entscheiden. Ich wünschte, jemand würde mir Mut machen, mir sagen ich könnte alles schaffen, doch bleiben, bleibt nur das Gefühl nicht richtig zu sein, weil ich mich nicht festlegen kann. Ich habe Angst meinen eigenen Weg zu gehen, wenn das bedeutet andere Menschen zu enttäuschen. Aber mit der Lüge leben, mir würde das Leben, was sie für mich wollen, reichen, kann ich auch nicht.

DEIN ABSCHIED VOM UNS

2681 Bilder.

2681 Erinnerungen an ein Leben von uns beiden. Und mein Handy braucht länger diese 2681 Erinnerungen zu löschen, als du sie zu vergessen. 2681 Bilder und keines davon zeigt die Traurigkeit, die Unzufriedenheit, das Hindernis in unserem Leben, wegen dem du mich verlassen hast. Und ich frage mich, ob diese 2681 Bilder von den letzten Jahren unseres Lebens genauso lügen können, wie du in den letzten vierzehn Tagen. Denn in meiner Erinnerung waren diese 2681 Bilder ein Ausschnitt unseres Lebens, deines und meines.

Die ersten Blicke die wir tauschten,

Die kalten Nächte auf der Parkbank,

Das erste Händehalten in der U-Bahn,

Die erste Berührung im Theater,

Dein Blick auf mir, als ich die Treppe herunterkam,

Der erste Kuss am Bahnhof,

Dein wartendes Gesicht am Gleis, wenn mein Zug einfuhr, und dein suchender Blick, als die Menschenmassen herausströmten, du aber nur Augen für mich hattest.

Das erste „Ich liebe dich" und dein zartes, lächelndes „Ich liebe dich auch".

Unsere Umarmungen, unsere Versprechungen, von Anfang an wissen, dass es niemals ein Leben ohne ein *dich und mich* geben kann.

Aber für dich gab es ein Leben ohne ein *dich und mich*.

Aber diese 2681 Bilder zeigen mir, dass dieses Glück, diese Momente keine Lügen waren und nicht gewesen sein konnten. Diese Bilder, unsere Nachrichten, unsere Worte in meinen Erinnerungen, all das sind Beweise.

Es tut weh darüber nachzudenken, es tut weh darüber zu schreiben, es tut sogar weh zu versuchen es zu verstehen. All die Abende in unserem Bett, ein Film vor unseren Augen, kleine Törtchen auf dem weißen Tablett aus Holz, das ich uns beiden gekauft hatte.

Weißt du noch unsere Sessel? Deiner neben meinem, ein Tisch dazwischen, Platz für unsere Kaffeetassen. Weißt du noch die Nachricht, als wir erfuhren, dass wir in unsere Wohnung einziehen konnten, nachdem wir so viele kalte Winterabende gefahren sind, um unser zu Hause zu finden. Wie konnten wir all diese Zerreißproben meistern und doch weiterhin fest an unsere Liebe glauben, und wie konntest du all diese Momente so schnell vergessen?

Weißt du noch die Morgen in unserer Wohnung, wenn ich dir Kaffee ans Bett brachte, wenn du aufwachtest und mich anlächeltest, mir erzähltest, dass manchmal, wenn ich bereits schlief, du mich ansahst und dachtest welches Glück du doch hättest und wie sehr du mich liebtest?

Kannst du dich an die Tage erinnern, an denen du von der Arbeit kamst aus der Küche laute Musik erklang und ich bereits für dich gekocht hatte? Noch letzte Woche war es, dass du mich lächelnd küsstest und mit mir getanzt hast, während die Nudeln noch im Topf kochten.

Weißt du noch, wie oft wir beide einkaufen gegangen sind, stolz, von unserem Gehalt und das Eingekaufte in unseren Kühlschrank lagerten.

Ich höre noch das Geräusch des Schlüssels, der sich im Schlüsselloch herumdrehte, ich rieche noch immer den Duft unserer Wohnung, wenn ich sie betrat.

Weißt du noch, die ersten Tage auf unserem wunderschönen Sofa, das so klein war, dass wir uns eng aneinanderschmiegen mussten, damit wir beide darauf passten?

Bitte schließ deine Augen und stell dir den Sonnenuntergang am Meer vor, während wir in den Strandstühlen auf dem Balkon sitzen. Bitte spür noch einmal den Sand unter unseren Füßen, als wir durch die Dünen rannten, auf das tosende Meer hinaus und die Luft der Freiheit rochen, die uns um die Haare wehte.

Hast du wirklich vergessen, dass das Einzige, was diese Momente zu den 2681 Erinnerungen formte, unsere Liebe war? Die Liebe, die wir niemals in Frage stellten, die Liebe, die unser Leben lebenswert, besonders und glücklich machte?

Wann hast du angefangen diese Liebe anzuzweifeln? Wann hast du angefangen die schlechten und anstrengenden Seiten unserer Beziehung höher zu stellen als all das, was sie so besonders machte? Wann hast du aufgehört mich zu lieben?

So lange Zeit waren wir ein Paar, so lange Zeit gab es dieses *dich und mich*. Aber du brauchtest nur sechs Stunden, um das alles zu vergessen. Ich habe mit dir meine intimsten Gedanken geteilt, meine Ängste, meine Sorgen. Aber nicht, damit sie dich belasten, sondern damit wir beide sie bekämpfen können. Ich habe dich mit jeder Faser meines Herzens geliebt. Du warst es den ich sah und du bist es noch jetzt, nach allem, was geschehen ist, nach allem, was du getan hast, um mich, um diese Beziehung loszuwerden.

Ich spüre noch immer das Gefühl, wenn ich dich umarmte, ich rieche noch immer deinen Geruch, wenn ich mein Gesicht in deinem Haar vergrub. Aber dieser Geruch und dieses Gefühl wird und muss verblassen. Denn im Endeffekt sind diese 2681 Bilder und diese unendlich vielen Nachrichten nichts als eben dieses: Erinnerungen. Und sie können nicht ändern, dass du ausgesprochen hast, was du vielleicht schon seit Wochen gespürt hast: „Ich möchte nicht mehr". Ich kann dir nicht sagen, weshalb, ich verstehe nicht warum und schon gar nicht verstehe ich wie du all das tun konntest, auf diese Weise.

Du gingst an einem Sonntag. Du trafst mich mit anderen Leuten in unserer Wohnung, die Hände in den Hosentaschen vergraben, dein Blick von mir abgewandt, wolltest es mir nicht sagen und hast es dennoch getan. Du gingst, wenn auch da nur für eine Nacht. Und als du fort warst, als die Tür hinter dir ins Schloss viel, da sank ich vor deiner Bettseite auf die Knie, meine Hände krallten sich in deine Bettdecke, als ich sie zu mir heraufzog, um meine Nase deinen Geruch riechen zu lassen. Aber ich sagte mir du würdest wieder kommen. Und als ich in meinem Schock, meiner Sehnsucht nach dir, meiner Trauer weinte und schrie, hast du dein Leben genossen, hast dir eine Auszeit genommen, getan, was du tun wolltest. Und als du Montag wieder kamst, schlief ich in unserem Bett, zermürbt, kaputt vor Sorge um dieses *dich und mich*. Doch du wolltest nicht reden. Du wolltest nicht über uns reden, du wolltest mir Dinge über dich mitteilen. Und während ich mit allen Mitteln versuchte unsere Beziehung, unser *dich und mich* zu retten, ging es dir um deine Freiheit. Denn du benutztes stets nur „Ich" und niemals „Wir". Aber du wolltest von mir weg und ich versuchte mich panisch an etwas zu klammern, das in deiner Vorstellung schon längst nicht mehr existent gewesen war. Und vor lauter Angst dich noch einmal zu verlieren, zeigte ich dir meine Verletzlichkeit, zeigte ich dir, was dein „mich verlassen" in mir angerichtet hatte. Aber dir war deine Freiheit, dein Wohl wichtiger, als dieses *dich und mich* zu retten.

An einem Mittwoch gingst du, gabst mir einen Kuss, machtest Pläne mit mir für den Abend, gingst noch mit mir einkaufen und wolltest dir nur ein Buch holen. Ich winkte dir aus unserem Fenster heraus, lächelnd winktest du mir zurück. Und kamst nie wieder. Hast jemand anderen mir dies mitteilen lassen. Und als du abends deine Sachen holen kamst, traf mich der Satz „Ich fühle mich hier nicht mehr wohl, ich möchte jetzt gehen", wie ein Dolch in mein lädiertes Herz.

Und einen Tag später, nachdem du deine Freiheit ausgelebt hast, nachdem du dir genommen hast, was du wolltest, löschtest du diese 2681 Momente innerhalb einer Minute mit einem „Ich möchte nicht mehr", am Telefon. Und während ich in das große schwarze Loch fiel, das mit seinen langen Armen nach mir griff, erfreutest du dich an deiner neu gewonnen Freiheit und gabst die Wohnung mit all unseren Berührungen, Worten, Zärtlichkeiten, Momenten der Liebe und die Möbel, auf denen wir zueinander fanden, für die wir hart arbeiten gegangen waren, zum Verkauf frei, als wären es kalte Gegenstände, die ihren Platz genauso schnell aus unserem Leben verlieren konnten, wie sie in unser Leben hereingekommen waren.

Du hast dich von diesen 2681 Bildern verabschiedet.

Du hast deine Entscheidung getroffen,

Es war dein Abschied vom *Uns*.

Im Einklang mit sich selbst zu sein, ist das Schwierigste, was ein Mensch bewältigen muss, denn ich habe langsam den Eindruck es läge gar nicht in der Natur des Menschen mit sich selbst zufrieden zu sein und den Drang sich immerwährend zu verändern einfach mal auszuschalten. Ich muss aussprechen, dass die wohl schwierigste Hürde für mich darin besteht mich selbst zu lieben. Mein Körper und meine Seele fühlen sich an wie zwei Gegensätze, die sich ständig bekriegen, wobei sie eigentlich dazu bestimmt sind, zusammenzuarbeiten. Mein Körper schützt meine Seele, und er trägt mich durch mein Leben. Ich muss gut zu meinem Körper sein, denn ich kann mir selbst nur die Liebe geben, von der ich selbst glaube, sie zu verdienen. Und solange mir nicht bewusstwird, dass ich keine Bedingungen erfüllen muss, um bedingungslos geliebt zu werden, können die beiden Komponenten nicht zueinander finden.

Eigentlich aber… sind sie eins.

ES KOMMT, WIE ES KOMMT

Lieber Freund!

Als ich heute Morgen aufwachte, fühlte ich mich, als hätte ich überhaupt nie geschlafen. Ich schlief mit Bauchschmerzen ein, und wachte mit Bauchschmerzen auf. Ich bekam kaum meine Augen auf, denn bei dem Gedanken, dass ich jetzt in die Schule müsste, ließ ich sie lieber zu. Dies beantwortet bestimmt auch deine Frage, ob es besser geworden sei, denn nein, das ist es nicht. Ich weiß nicht wieso, aber anscheinend finden sie es alle witzig, mir gemeine Beleidigungen hinterher zu rufen. Heute hat mich jemand auf dem Schulhof angerempelt und gesagt: "Tut mir leid, doch alles Hässliche beachte ich nicht! Wobei man dich eigentlich nicht übersehen kann". Dann haben sie wieder alle gelacht. Du kannst dir bestimmt denken, wie ich reagiert habe. Ich bin in mich zusammengezuckt und machte mich vom Acker. Ich weiß nicht, wieso ich mich nicht währen kann. Ich habe viel zu große Angst vor ihnen. Angst davor, dass sie mich noch mehr beleidigen und kränken werden. Ich habe Angst davor, dass sie mich kaputt machen. Und ich glaube, dass wenn ich etwas sagen würde, werden sie all das tun. Deshalb bin ich lieber ruhig. Ich verstehe nicht, wieso sie mich ausgesucht haben. Was habe ich ihnen getan? Ich bin doch nicht die einzige Dicke auf der Schule. Und wenn ich rausgehe, wenn andere mich sehen, werde ich nicht beleidigt. Ich fühle mich großartig, und wünschte ich müsste nie mehr zur Schule gehen. Wenn ich morgens auf den Schulhof komme, senke ich den Kopf und hoffe, dass sie mich nicht sehen. Doch das tun sie. Jeden Morgen. Und jeden Morgen, freue ich mich wieder auf zuhause. Da ist, wo man mich in Ruhe lässt. Ich habe meinen Eltern nichts davon erzählt. Du weißt schon, dass es wieder angefangen hat. Sie würden es nicht verstehen. Ich rede mit niemanden darüber. Sie sagten, wenn ich zu einem Lehrer gehe, würden sie mich fertig machen. Doch manchmal frage ich mich, was sie noch machen wollen. Sie können nicht mehr viel gemeiner als jetzt werden. Und wenn, weiß ich nicht was passieren würde. Meine einzigen beiden Freunde, die ich habe, versuchen mir immer einzureden, ich wäre hübsch oder ich wäre gar nicht dick. Aber wenn das alles stimmt, wieso habe ich dann keinen Freund wie die anderen? Wieso lassen sie mich dann nicht in Frieden? Ich bin nicht hübsch. Wenn ich es wäre, würde ich so beliebt sein wie sie. Aber das wird wohl nie so kommen. Es kommt halt, wie es kommt. Und mein Schicksal ist ein anderes. Ich weiß, dass ich dir immer alles erzählen kann und bin richtig froh, einen Freund wie dich zu haben. Auch wenn du eigentlich gar nicht existierst.

Alles Liebe

LIEBEN UND GELIEBT WERDEN

Die Dunkelheit der Nacht wird unterbrochen,

Vom warmen Licht der Nachttischlampe,

Und ich weißt, dass ich nicht schlafe,

Weil die Nacht mich mit Gedanken quält,

Und mir immer wieder die gleichen Geschichten erzählt.

Ich sehe mich, In meinem Bettchen liegen,

Kann immer noch die Tränen spüren,

Die in der Dunkelheit meine Wange benässen,

Und ich weiß,

Ich werde dieses Gefühl nie mehr vergessen,

Was es heißt, allein zu sein.

Ich kenne sie,

Ich kenne dieses Mädchen unter der Bettdecke,

Und ich weiß wonach ich mich da sehnte.

Nun stehe ich in meinen vertrauten vier Wänden,

Und kann ihr erdrücktes Schluchzen hören.

Sie tut mir leid,

Sie… tut mir so schrecklich leid,

Und ich bin bis heute,

Nicht von diesen Gefühlen befreit,

Weil ich noch heute höre,

Wie sie innerlich schreit.

Lautlos gehen meine Füße auf sie zu,

Das Gefühl der Bettwäsche mit Londonaufdruck,

Fühlt sich wie Vergangenheit an.

Aber heute schluchzt sie nicht.

Die Tränen rollen lautlos,

Und tropfen schwer,

Mit ungesagten Worten,

Vollgesogen,

Auf die Bettwäsche, die nach Vergangenheit riecht.

Meine Hand bewegt sich in Richtung,

Ihrer kurzen Locken,

Und legt sich beschützend über diesen Menschen,

Der wimmernd in der Dunkelheit liegt.

Kaum merkbar schaut sie auf und ihre Augen,

Sind auch die meinen,

Fast nicht verändert,

Noch immer wachsam staunend,

Schaut sie mich an,

 So leer.

„Hallo", flüstere ich, „Willst du reden, hast du Zeit?"

Sie antwortet,

„Hoffentlich bis in die Ewigkeit,

Wenn meine Seele irgendwann,

Denn wieder heilt."

Ich halte ihre Hand.

„Sag mir, was dich quält, was die Angst in deinem Kopf erzählt."

Und sie sagt es mir.

Meine Knie schlottern, wenn ich an den Schulhof denke.

Und jeden Morgen wird mein Gesicht weiß,

Mein Blut gefriert zu Eis,

Aus meinen Adern weicht jede Stärke,

weil ich plötzlich merke,

Dass mich eine Aura der Unsicherheit in sich einhüllt, wie eine Decke einen zitternden

Körper, Aber ohne ihn zu wärmen.

Ich habe Angst, und blicke der Tatsache ins Auge, dass sie immer noch da sind, ihre Stimmen um mich herum wieder in lautem Gelächter ausbrechen, sobald sie mich sehen.

Sobald ich *sie* sehe, gesellt sich ein alter Freund zu der Unsicherheit. Es ist die Angst.

Ich habe Angst ihre Augen könnten mich in diesem dämmernden Licht des Morgens erblicken, Worte könnten aus ihren Mündern fliehen und wie kleine Eiszapfen mein kleines Herz zersplittern. Ich habe Angst vor dem was dann in mir passiert. Ich hasse mich in diesem Moment, ich hasse, wer ich bin, die Seele in meinem unschönen Körper, ich fürchte den Selbsthass wie einen Eindringling, dem ich Asyl in meinem schutzlosen Körper gewähre.

Schon im Traum sehe ich sie, sehe ihre Gestalten, sehe ihre langen, geglätteten Haare, zu einem Mittelscheitel gezogen, sehe sie in ihren Leggins, mit ihren immer perfekten Körper, mit ihren Handtaschen in der Armbeuge, sehe sie, die Geliebten, die Verehrten. Und dann bin da ich, den Namen, den sie verspotten und die Person, der sie die fiesesten Namen geben. Ich hasse mich, hasse den Menschen, den sie aus mir gemacht haben. Sie haben mich nach ihren Vorstellungen kreiert, ich bin das vollendete Werk ihrer boshaften Brillanz.

Es gibt mich nicht mehr. Ich bin ihre Vorwürfe in menschlicher Gestalt. Und ich werde gehasst für Dinge, die sie mir zuschreiben.

Ihre Augen wandern abwesend ab.

Jeden Tag nach der Schule falle ich in ein Loch, ich wünsche mir niemand könne mich sehen, ich wäre unsichtbar. Ich wünsche mir in einem Raum voller fremder Menschen zu sein, und zu sein, wer ich bin. Ich wünsche mir Frieden, aber ich habe keine Kraft mehr. Ich möchte kämpfen, aber meine Glieder sind aus Gummi und ich schaffe es nicht, in den Kampf zu ziehen.

Ich wiege sie in meinen Armen, dieses Geschöpf, ganz unten, ganz allein, viel zu jung, viel zu gebrechlich.

„Werde ich wieder stark werden?", fragt sie mich mit wässrigen Augen.

„Soll ich dir ein Geheimnis verraten?", flüstere ich in ihr Haar.

„Du wirst lernen, intelligent sein,

Dein Leben bestreiten,

Du wirst kämpfen, und siegen,

Dein Inneres wird sich noch lange bekriegen,

Aber du wirst heilen.

Du bist kein Werk ihrer boshaften Brillanz,

Du bist einfach nur Chiara.

Du bist voller Emotionen,

Du hast ungewöhnliche Hobbies,

Deine Bücher sind deine besten Freunde,

Du schwörst der Literatur auf Ewig deine Treue,

Du bist oft einfach viel zu stolz,

Du bist aufbrausend und emotional,

Sagst Worte, die schnell auch wieder bereust,

Du bist einfach nur *du*.

Und *du* sein, ist okay."

Ein Schluchzen dringt aus deiner Kehle und ich spüre deinen Schmerz, denn dein Herz ist auch meines.

„Ich trage Brille", fährst du fort,

„Ich verstecke mich in Büchern,

Ich bin fasziniert von Geschichte und der Welt der Worte,

Viel mehr als an Alkohol und einer Horde,

Leute, die mir mein Leben zur Hölle machen.

Ich habe Ziele, so große Ziele,

Und ich weiß ich kann sie schaffen.

Niemand wird mich zu seinem Werk machen können,

Denn das kann nur ich.

Ich bin mein eigenes Werk.

Ich will mutig sein,

Ich bin fünfzehn Jahre alt und ich möchte,

Dass viele Jahre folgen.

Aber ich bin einfach so komisch, so anders."

Fasziniert von ihrem Mut, lächele ich sie an.

„Und du wirst für dieses Anderssein geliebt.

Ich liebe dich. Und ich bin die wichtigste Person dies zu tun.

Du bist wichtig,

Und richtig,

Du bist eine wunderbare Seele,

Und ich möchte, dass du verstehst,

Dass du und ich es schaffen werden.

Ich verrate dir etwas: Du wirst es schaffen.

Komm, ich nehme dich in den Arm,

Du warst schon lange nicht mehr so schlimm dran,

Wie jetzt,

Hast gelitten und gestritten,

Und warst nie vereint in deiner kleinen Seele.

Aber ich schließe nun Frieden mit dir,

Und auch mit mir,

Denn du bist ich und ich bin du,

Und kommen hunderte Versionen dieses Ichs auch noch dazu,

Das ist egal.

Alles von dir,

Bin ich.

Und ich könnte nicht stolzer auf dich sein.

Ohne deinen Mut,

Könnte ich dich heute nicht in meinen Armen halten."

Und so saßen wir da, verschlungen ineinander, auf der Bettwäsche, die nach Vergangenheit riecht. Denn wir beide, uns gibt es nur als Eins.

Mut ist eben nicht die Abwesenheit von Angst,

Sondern viel mehr die Erkenntnis,

Dass etwas wichtiger ist,

Als Angst.

DAS MÄDCHEN

Es war ein trostloser Tag, der Regen prasselte gegen das Fenster und eine erdrückende Dunkelheit umgab das Klassenzimmer, als wäre heute ein Tag besonderer Traurigkeit. Es redete niemand, oder spaßte. Jeder sah nach vorne, den Blick auf die Tafel gerichtet und folgte dem alten Lehrer, dessen Brille den Zipfel seiner Nasenspitze berührte. Er erklärte die Formeln, trist und trocken, wie eh und je, wobei er seinen Blick nach vorne auf die Tafel richtete. Er wusste, dass sie ihn beobachteten. Ihn, der anders war. Und er beobachtete sie alle, die gleich waren. Sie sahen alle so gleich aus, so schrecklich ordinär. Die Mädchen glichen sich in ihrer Art, ihrem Aussehen, ihrem Verhalten, integriert in den Strom der anderen, vergruben sie ihre eigene Persönlichkeit, ein Resultat der Beliebtheit. Die Jungen glichen sich in ihrer Denkweise, ihrem Benehmen, ihren Interessen. Sie waren alle so gleich, nichts Besonderes, Einheitsbrei. Er verbrachte jeden Tag mit ihnen, jahrelang. Doch er wusste nicht, wer diese Menschen eigentlich waren. Sie glichen sich alle so sehr, dass er vergaß, dass sie eigentlich doch alle unterschiedlich waren. Und es langweilte ihn. Es langweilte ihn immer dieselben Menschen zu sehen in ihrer monotonen Art. Er wollte mehr, erfahren wer die Menschen waren, was sie besonders machte. Besonderheit. Bei dem Wort schlug sein Herz höher. Ein Mädchen drehte sich um zu ihm, schenkte ihm einen verführerischen Blick. Er wusste, sie war in ihn verliebt, aber ihm war es egal. Für ihn, war sie nichts weiter als eine Puppe. Die Leute liebten Puppen, die sie kreieren konnten, wie sie wollten. Er hatte sie schon immer gehasst. Sie sah ihn an, zeigte ihm das, was alle anderen haben wollten. Ihr gefärbtes Haar glänzte und die Augen wirkten umso blauer durch den dunklen Lidstrich, der ihre Züge umspielte. Es war ihm gleichgültig. Er wandte seinen Blick nicht von der Tafel ab und schrieb weiter, jedoch ohne auch nur einmal auf das Blatt zu gucken. Und als sie sich endlich wieder umdrehte und seine Gleichgültigkeit bemerkte, war er zutiefst froh, dass das schrille Klingeln das Ende der Stunde kundgab. Als alle heraus stürmten und sich auf dem Schulhof platzierten, blieb sitzen. Allein im Klassenraum mit bloß einer Person, der alles genau so gleichgültig war wie ihm. Sie redeten nicht, versuchten lediglich die Zeit herumzukriegen. Doch als sein Freund seinen Blick nach draußen richtete und spöttisch seinen Mund verzog, merkte er, dass etwas Neues geschah. Er drehte seinen Kopf zur Seite, und dies nur ein klein Wenig, und seine Augen betrachteten dieses Neues. Um ihn herum verschwamm alles, als er merkte, wie ein Gefühl des Interesses sich in ihm ausbreitete. Er betrachtete sie, und konnte seinen Blick nicht mehr abwenden. Das dunkle Haar, gebunden zu einem Knoten. Die kleine Statur, leicht gerundet. In ihren Händen hielt sie ein Buch, in dem sie völlig versunken zu sein schien. Es war ihm peinlich, dieses kleine Gefühl der Sprachlosigkeit, des Interesses, der Neugier. Als hätte sie die zwei Augen gespürt, die sie betrachteten, hob sie ihren Kopf und sah in das Fenster, dem Jungen, dem alles gleichgültig war, direkt in die Augen. Er war interessiert, denn sie war anders. In ihren Augen sah man die Gleichgültigkeit.

Er stand auf, rückte seinen Mantel zurecht, warf einen entnervten Gesichtsausdruck in die Klasse und verließ den Raum, wobei die Tür knallend hinter ihm ins Schloss fiel. Er atmete tief ein. Eine Augenbraue hebend, sah er aus dem Fenster. Schüler stürmten aus den Türen, sie schrien und rannten und erfreuten sich am Leben. Empört zog er die Mundwinkel nach unten. Sein Blick fiel wieder aus dem Fenster, und sie stand immer noch dort, allein, und starrte vor sich hin, völlig hilflos, als hätte sie Angst. Ihre Hand war fest um den Henkel ihres Rucksacks geschlossen, ihre Augen waren leer und müde als würde sie die Dinge um sie herum nicht mal wahrnehmen. Sie unterschied sich in beinahe allem von den anderen. Ihrer Ausstrahlung, ihrer Haltung und der Art, wie sie sich kleidete. Sie wirkte so schwach und verletzlich, dass er merkte, wie sich ein ungewolltes Gefühl in ihm ausbreitete. Interesse. Er war interessiert daran zu erfahren, wer dieses Mädchen war. Als er sich schließlich abwandte und seinen Weg durch das Gebäude fortsetzte, ging er in seinem üblich überheblichen Gang. Alle die ihm entgegen kamen machten einen weiten Bogen um ihn. Ihn freute das, doch plötzlich rannte etwas gegen ihn und zog ihn zu Boden. „Entschuldige bitte, ich habe dich nicht gesehen", sprach eine zarte und leise Stimme. Es war die eines Mädchens. Er richtete sich auf, stolz wie immer und fuhr sich durch seine Haare. Er sah sie an. Ihr Gesicht trug die Maske einer schweren Vergangenheit, doch sie lächelte schwach und sah dann zu Boden. „Hier...", sagte er leise und gab ihr ihre Bücher zurück. „Danke", antwortete sie die Bücher nervös zitternd entgegennehmend. Er verschwendete nicht nur eine weitere Minute mit diesem sonderbaren Mädchen, auch wenn ihn die Tatsache störte, dass er es gerne getan hätte. Er wandte sich ab und ging mit durchgedrücktem Rücken zurück in den Unterricht.

Es fühlt sich seltsam an, nun da es vorbei ist, und ich mein Zeugnis in den Händen halte. So viele Jahre habe ich einen Kampf ausgeführt, nicht nur gegen mich, sondern gegen all jene, die mir einreden wollten ich würde es niemals schaffen. Ich habe viele Tränen geweint, und ich stand so oft vor der Entscheidung den einfachen Weg zu gehen, mich zu beugen, oder zu kämpfen und für mich einzustehen. Ich habe es nie sehen können, all die Jahre nicht, aber vielleicht liegt mein Ich-Sein einfach darin nur das zu tun, was sich für mich richtig anfühlt. Mir selbst einzugestehen, dass ich andere Dinge möchte, als meine Familie, es einzusehen, dass ich niemals in das Raster passen werde, in das so viele Menschen versucht haben, mich reinzupressen. Meine Noten sind nicht die Besten, es gibt weitaus bessere Schüler als mich. Aber meinen Kampf habe nur ich allein gekämpft und auf diesen Kampf und diese Stärke bin ich stolz. Ich habe Leidenschaften, und ich weiß ich kann meine Ziele erreichen. Ob ich es schaffen werde? Ich weiß es nicht, aber das Leben streckt gerade seine Arme nach mir aus und ich laufe bereitwillig in sie hinein. Es ist so weit, jetzt fange ich endlich an zu leben.

DIE KUNST DER UNSCHULD

Das erste Mal traf ich sie im Künstlerviertel vom Montmartre. Ich ging dort gerne spazieren, denn die eifrigen Artisten um mich herum inspirierten mich dazu auch Dinge erschaffen zu wollen, die Wirklichkeit durch Bilder auszudrücken, Emotionen und Impressionen darzustellen und dabei völlig frei in meinem Schaffen zu sein, losgelöst von allen gesellschaftlichen Konventionen und Erwartungen. Als ich so durch die emsigen Gassen spazierte, schweiften meine eigentlich so klaren Gedanken das erste Mal ab. Ich stellte mir vor, wie es sich anfühlen könnte ein Leben wie dieses zu führen. Zu erschaffen und von dem Erschaffenen zu leben, einsiedlerisch von Ort zu ziehen und dabei niemanden im Nacken sitzen zu haben, der einen von eben besagter Freiheit abbringen konnte. Im Hintergrund spielte ein Akkordeon, Blumenfrauen liefen mit Körben herum und versuchten einen für das Schöne und Wohlriechende zu begeistern. Ich mochte Blumen, doch sie waren in jeglicher Hinsicht vergänglich, der Duft verschwand, wenn die Blüten ausgetrocknet waren und mit ihm auch das, was die Blume ausmachte, das Lebendige, die Frische. Ich lehnte ab, sah dem jungen Mädchen, welches mir mit einem traurigen Lächeln den Korb hinhielt in die

Augen und gab ihr einen Franc ohne jedoch eine Blume aus dem Korb zu nehmen. Sie bedankte sich und ging weiter ihres Weges. Da standen sie, all die Künstler mit ihren Leinwänden, in den Händen hielten sie die Pinsel, ließen sie eifrig oder sehr vorsichtig über die Leinwand huschen, rollten sich die schmutzigen Ärmel hoch, sahen nicht einmal auf, in die Welt, welche sich vor ihren Augen abspielte. In ihren Bildern sah man eben diese Welt durch die Augen der Künstler und war es nicht vollkommen wunderbar zu sehen, wie variabel und vielseitig diese Wahrnehmung sein kann? Meine Beine trugen mich vorbei an all den Leinwänden, meine Blicke blieben an den Bildern aus der Ansammlung getrockneter Farbe hängen und da sah ich sie, bloß aus dem Augenwinkel und allein das genügte, um meine Gedanken das zweite Mal abschweifen zu lassen. Sie saß auf einem Hocker aus verblasstem Holz, die Beine ganz nackt und nur bedeckt von einem ausgeblichenem, und ausgefransten Rock. Ihre Corsage war nicht bis oben hin durchgeschnürt, sie hatte sie allein binden müssen. Ein purpurroter Schal bedeckte ihre Schultern, entblößt lag ihr Dekolleté vor mir. Das Haar viel ihr ganz wirr über die Schultern, die ungleichen Lippen waren leicht gerötet, die Augen von einem trüben grün, die Nase etwas zu breit und Augenbrauen neckisch gehoben. Sie saß Portrait für einen Künstler, der sie mit leicht erröteten Wangen malte und versuchte die Augen krampfhaft auf ihr Gesicht zu richten und nicht abschweifen zu lassen, jedenfalls vorerst. Ich wusste nicht, weshalb sie mich so in ihren Bann zog, an ihr war nichts anders als an den meisten Straßenmädchen, sie war jung, jedoch nicht im klassischen Sinne schön, sichtlich ärmlich und doch- ich bekam meine klaren Gedanken nicht zurück, solange sie vor mir saß und spielerisch die Beine übereinanderschlug und dabei die Unschuld eines Mädchens besaß. Es war töricht von mir dies zu glauben, dessen war ich mir bewusst und dennoch, ich hätte mir nicht vorstellen können, dass dieses junge Mädchen etwas anderes als ein auf die Erde gefallener Engel war. Die Art, wie sie sich bewegte, so leicht, unbedacht, verspielt und doch so frivol zur gleichen Zeit, als wüsste sie ganz genau, was sie damit bezweckte ohne es direkt zu wollen. Sie muss meinen Blick auf sich gespürt haben, denn auf einmal drehte sie sich zu mir herum und sah mich an, lange, zuerst verwirrt und fragend, dann jedoch lächelte sie, nicht kokett oder verführend, nein in jeglicher Weise charmant und schüchtern. Auf einmal wusste ich, dass würde ich mich jetzt nicht abwenden, würde ich es nie wieder tun, also animierte ich mich zu gehen. Verabschiedend tippte ich an den Rand meines Sommerhutes, vergrub meine Hand in der Westentasche und wandte mich zum Verschwinden. Montmartre ist eine Welt von Träumern und Träumen selbst. Solange man dort ist, glaubt man die ganze Welt sei ein Gemälde und wir das Motiv. Doch vergessen wir, wer der Künstler ist, der uns malt, der die Komposition so kreiert, wie er es gerne haben möchte. Also riss ich mich los von dieser Welt und gab mich dem hin, von dem ich glaubte mein eigener Künstler zu sein.

Ich arbeitete Tag und Nacht, tags im Büro und nachts an meinem eigenen Schreibtisch. So ging es einige Jahre, Tag ein Tag aus, bis ich eines verregneten Tages von meinem Arbeitsgenossen auf einen Drink eingeladen wurde. Ich war schon ewig nicht mehr ausgegangen und hatte die meiste

Arbeit für den nächsten Tag bereits erledigt, weshalb ich zustimmte und mich von ihm einladen ließ. Als wir danach durch die Straßen von Paris zogen, wurde mir bewusst, wie lange ich die Stadt nicht mehr bei Nacht gesehen hatte. Und wie sehr sie sich in dieser Zeit verändert hatte. Alles war schneller, kürzer, rasanter und lauter geworden. Die Lichter sprangen einem überall ins Auge, laute Jazzmusik dröhnte aus den geschlossenen Fenstern und betrunkene Paare taumelten aus den Türen. Mittlerweile waren wir in dem Viertel angekommen, welches unglaublich beliebt noch ein paar Jahre zuvor gewesen war, dem Moulin Rouge.

„Mein Gott, wie lange bist du nicht mehr in Paris gewesen?", fragte mich mein Freund und lachte dabei amüsiert über meine Unwissenheit. „Hier tanzen sie jetzt nicht nur als Vergnügen für deine Augen". Ich hatte mir nie viel aus dieser Art des Vergnügens gemacht, anders als die meisten Männer, doch heute Abend war es nicht so. Da sah ich sie zum zweiten Mal. So viele Jahre waren vergangen und doch wusste ich ganz genau, wer sie war. Auch wenn ihr Haar ihr gerade noch bis zum Kinn reichte, das gradlinig verlaufende Kleid über ihren Knien endete und sie eine glamouröse Federboa um die Schultern gelegt hatte, erkannte ich sie wieder. Ich hätte sie überall wiedererkannt. In just diesem Moment sah auch sie zu mir herüber und verzog nach einem weiteren Moment der sichtlichen Verwirrung die blutrot angemalten Lippen zu einem unschuldigen Lächeln. Diesmal konnte ich mich nicht losreißen und ich hätte es auch gar nicht gewollt, denn meine Beine trugen mich bereits zu ihr herüber, bevor meine Gedanken wieder klar werden konnten.

„Hallo", begrüßte sie mich und ihre Stimme klang wie der liebliche Gesang von Engeln, so melodisch und wohltuend. Genussvoll schloss ich eine Sekunde die Augen und sog ihre Stimme in meinem Gedächtnis auf. „Hallo", antwortete auch ich und war vollkommen unfähig nicht zurückzulächeln. Sie streckte ihre Hand aus und ergriff meine ohne große Worte. Ich ließ mich von ihr abführen, aber ich wollte sie nicht auf diese Art. Ich wollte sie ganz sicher, nicht ihren Körper, die Lust interessierte mich nicht und ich war noch immer davon überzeugt, dass sie das wohl unschuldigste Wesen war, was mir jemals unter die Augen getreten ist. Nein, das, was ich wollte, war ihr Wesen. Sie war ein lebendiges Gemälde, jedes Fältchen in ihrem Gesicht, jede Pore auf ihrer Haut, jeder einzelne Moment, in dem sie lächelte, war sie das, was ich immer von meinem Leben gewollt hatte. Kunst. Und zwar in der wohl reinsten Form, die es überhaupt gab, in der Unschuld selbst. Sie nahm mich mit auf ihr Zimmer und setzte sich aufs Bett, überschlug die Beine und entblößte ihre Schultern, indem sie die Federboa auf Seite legte. „Du erinnerst dich an mich", mutmaßte sie und sah mir sanft in die Augen. Ich stand dort, wie ein kleiner Junge, verschämt und unsicher darüber, wie ich mich mit einer Frau wie ihr im Zimmer verhalten sollte. Doch ich nickte. „Ja, das tue ich". Sie wies mich an mich neben sie zu setzen. „Er wollte mich malen, hatte mich von der Straße gepflückt, wie seltsam, nicht? So viele Jahre ist das jetzt her.", als sie sah, dass ich meine Geldbörse zückte, lehnte sie ab. „Nein, nein, ich möchte nicht mit Geld bezahlt werden". Ich kratzte mich am Hinterkopf und beäugte sie skeptisch. „Mit was könnte ich dich denn sonst für ein wenig

Gesellschaft bezahlen?". Traurig blickte sie mir entgegen und zuckte mit den Schultern. „Erzähl mir etwas über die Welt." Völlig verdattert stand ich dort, was sollte ich ihr schon über das Leben erzählen? Tag und Nacht arbeitete ich, eigentlich war ich wohl der Letzte, den man um etwas derartiges bitten könnte. „Ich fürchte dazu weiß ich nicht genug über das Leben", entgegnete ich verbittert. Doch sie lachte bloß und schüttelte den Kopf. „Ich interessiere mich für das wahre Leben. Das Leben, was jeder gerne führen möchte, ein Leben, das geregelt ist, ohne Sorgen und ohne Bedenken. Wie ist es da draußen zu sein und zu wissen, dass man am nächsten Tag erneut zur Arbeit gehen darf?". Aus ihrem Mund hörte sich das wohl Langweiligste an, wie die Handlung eines Abenteuerromans. Ich stockte und lachte nervös. Dann fing ich an ihr über mein Leben zu erzählen. Und mein Leben stand für Jedermanns Leben. Es war ein Einheitstrott, ein Alltag, den keiner haben wollte und doch jeder hatte. Sie legte sich auf den Bauch und vergrub ihr Gesicht in einem Kissen, während sie meinen Worten aufmerksam lauschte und wie verzaubert zu sein schien von dem, was ich am meisten verabscheute. „Ich verstehe das nicht", gestand ich und ließ meinen Blick auf ihr ruhen. Sie sah so unglaublich friedlich aus, wie sie da lag in diesem blassrosa Kleid, den Kopf kindlich zur Seite gedreht und zu mir aufsah, während ihre Augen vor Begeisterung glänzten, „Warum möchtest du etwas über mein Leben wissen, wenn ich derjenige bin, der eine Frau wie dich aufsucht, um es zu vergessen?". Da blitzte etwas in ihren Augen auf. „Eine Frau, wie mich? Was für eine Art Frau bin ich denn für dich?", fragte sie ruhig und langsam. Ich holte tief Luft.

„Nicht die Art, für die ich dich halten sollte. Aber ein Leben wie deines ist um einiges aufregender als meines". Sie sah mich an, lange und tiefgründig. Aus ihren Augen sprach Sehnsucht. Bis heute erinnere ich mich, dass sie dieser Aussage nie widersprochen hatte und doch so viel Widerspruch aus ihren Augen hervorquoll. Sie beschwerte sich weder über ihr Leben, noch pries sie es, sie lag einfach nur dort und hörte mir zu. Mir und meinem Alltag. Irgendwann bemerkte ich, dass sie eingeschlafen war und so stand ich auf, legte ihr die Decke über den lieblich ruhenden Körper und verließ so leise ich konnte das Zimmer. Nach diesem Abend wurde eines schmerzlich bewusst, und zwar, dass nichts so war, wie es vorgab zu sein. All die Jahre war diese junge Frau das Bild der Freiheit, der Kunst, der Ästhetik gewesen, ein Beispiel für ein losgelöstes Leben und für den Genuss eben jenes. Doch nun hatte ich ihre stille Einsamkeit gespürt und gemerkt, dass es genau diese Mischung war, aus der die meiste Kunst bestand und ich entschied mich dazu, dass es das Beste war mich von der Kunst und dem Gedanken bei ihr vor meinem öden Alltag fliehen zu können, zu lösen. Nach dieser Nacht bei diesem mysteriösen Mädchen flüchtete ich mich erneut in die Arbeit und ich merkte, wie sie mir doch im Grunde ihres Wesens Spaß bereitete. Nicht allein deshalb, weil mehr als die Hälfte in Europa keine Arbeit hatte und ich erkannte, wie gesegnet ich war, sondern auch, weil mir bewusstwurde, dass wahrscheinlich jeder diese Phase in seinem Leben hatte, in welcher er dieses hinterfragte und sich neuen Ufern zuwenden wollte. Ich war zufrieden und glücklich mit meinem Leben, ich hatte ein wunderbares Apartment in Paris, ich konnte mich finanzieren, hatte Arbeit, ab und zu hatte ich sogar Frauen. Nichts Ernstes, lediglich eine Trübung der Einsamkeit. Es ging einige Jahre so, bis ich eines Tages ein Telegramm erhielt. Ich wurde eingezogen.

Die Front war kalt und matschig, unerbittlich und tödlich. Die Angst war allgegenwertig in den am Boden liegenden Köpfen verankert, nervöses Zittern und dabei die Pflicht im Nacken das Vaterland zu retten, wobei doch das Einzige, was einem am Herzen lag zu retten das eigene Leben war. Nächtliches Weinen, frühes Beten, der Wunsch danach endlich wieder nach Hause zu dürfen. Die Schüsse hallten in den Köpfen wider, in den Träumen wurde man gejagt. Niemals wieder würde man derselbe sein, wie vorher. Der Tod war überall.

Ein Jahr später war es dann vorbei. Ich stand dort in meiner halb zerbombten Wohnung, die Scherben am Boden erinnerten mich an mein vergangenes Leben, welches ich doch so wenig wertschätzte und es für mich doch so selbstverständlich war. Ich konnte nicht anders, ich kniete mich in die Trümmer und ich weinte. Ich wimmerte leise vor mich hin, so wie ich es all die Monate gerne getan hätte. In einer Welt die so traurig, so dunkel, so muskelkaterig war, wie hätte man da jemals wieder aufstehen können und lachen, oder auch nur annähernd frohe Gedanken schöpfen? Ich stand auf. Ich wusste ich könnte nicht länger in den Trümmern bleiben und auch, dass so viele andere wie ich in ihren eigenen Trümmern saßen. So viele Leben zerstört, so viele weitere mitten im Leben ausgelöscht. Natürlich wusste ich nicht, wo ich hätte hingehen sollen, und so ging ich einfach und ließ mich von meinen Beinen tragen. Ein wenig später fand ich mich im Museé D'Orsay wieder. Es war weitgehend verschont geblieben, wenn auch die meisten schönen Gemälde von den Deutschen beschlagnahmt, oder zerstört wurden. Doch eines hing dort. Ich konnte es erst nicht fassen, war wie versteinert von ihrem Anblick. Doch ich erkannte sie sofort. Sie sah mich an, so wie sie mich vor vielen Jahren angesehen hatte. Sperrig schritt ich nach vorn und strich mit den Fingerkuppen über die belebte Farbe, über ihren Mund, über ihr Gesicht. Und tatsächlich, da schmunzelte ich. Damals hatte sie etwas über mein Leben wissen wollen, doch hatte ich nichts zu berichten. Jetzt hatte ich etwas zu berichten und doch konnte ich es nicht. Aber ich konnte wieder Freude finden, irgendwann. Denn nach all den Jahren des Grauens, nach all der Angst und all den Sorgen, nach all jenen Verbrechen, die im Krieg begangen worden waren, sah ich noch immer nichts als Unschuld in ihren Augen und die Gabe der Kunst mich in diese winzig kleine Welt des Glückes zu entführen.

Ich bin eine Revolution.

Wiedergeboren als Frau, als Künstlerin und ich spüre dieses Aufleben, merke, wie ich in mir selbst aufblühe, wie eine Göttin.

Jedes Gramm an mir nach dieser schweren Zeit, ist eine Renaissance.

Jedes Kilo eine Kampferklärung an die Magersucht. Aber ich habe schon so viele Kämpfe gewonnen und auch aus diesem gehe ich mit Stärke hervor.

ERSTE EINDRÜCKE

1832

Als ich mit schweren Schritten den langen Flur, der netten Madame entlang ging, die mich so freundlich einlud, vernahm ich einen besonderen Geruch, der meine Nase äußerst entzückte. Eine Beschreibung dieses Geruches würde mir mit vollkommener Sicherheit nicht gelingen, da er für jeden anders duften würde. Für die einen wäre es der Duft ihres bevorstehenden Schicksals, für die anderen jedoch die reinste Qual. Für mich war es wie eine Vorahnung. Als hätte ich bereits in diesem Augenblick gewusst, dass Etwas oder Jemand der diesen Duft an sich trägt, entweder mein Schicksal oder mein Verderben sein würde. Neugierig sah ich mich um und ließ meine zierlichen Hände die smaragdgrüne Tapete entlang gleiten. Wir kamen vorbei an alten Portraits, großen flackernden Kerzenständern und modrigen alten Bücherregalen. Von der ersten Sekunde, als ich dieses Haus betrat, fühlte ich den Zauber, der in diesen alten Gemäuern versteckt lag. Die Madame führte mich in einen Raum, der mit einem flackernden Kamin beleuchtet war. Ich spürte die eindringliche Wärme. Dieser Raum weckte mein Interesse. Es war, als wäre ich schon einmal hier gewesen, als wäre ich schon öfters den rubinroten Samtbezug dieses Sessels mit meiner Hand entlanggegangen. Erstaunt ließ ich mich in den Sessel gleiten. Die Madame stellte kunstvoll bemalte Porzellantassen auf den feinen Tisch und setzte sich mir gegenüber. Sie schien so wunderschön und makellos, doch ihre Augen tilgten eine Schuld. Ich wusste nicht, ob nur ich ihr das ansah, oder ob dies so offensichtlich war. Es stand mir nicht zu über sie zu urteilen. Eine Frau mit solch einer Güte, wie sie sie besaß, sollte nicht verurteilt werden. Ihr Mund, umrandet mit feinen Fältchen, zog sich zu einem lieben Lächeln. "Nun, Christine", begann sie mit sanfter Stimme zu sprechen, "Wo kommst du her, Kind?". Ich musste einen Augenblick überlegen. Wo kam ich her? Ein mittelloses Mädchen von achtzehn Jahren, unverheiratet und ohne Vergangenheit. "Aus Hampshire, Lady", antwortete ich schließlich und Madame sah mich mit weiten Augen an. "England, nicht wahr?" "Ja, so ist es" "Aber deine Eltern waren...", "Franzosen", unterbrach ich sie, "Sie gingen vor langer Zeit, noch in ihrer Jugend nach England. Doch mein Vater starb, als ich sechs Jahre alt war, und auch meine Mutter verließ mich vor einem Jahr. Sie war sehr krank. Schwindsucht. Ich habe gehofft, hier in Frankreich auf meine Großmutter zu treffen, doch diese verstarb vor zwei Jahren. Wahrscheinlich an Altersschwäche. Niemand hinterließ mir etwas, oder bot mir eine Unterkunft. Ich bin weder verheiratet noch in jederlei Hinsicht gebildet". Als wäre sie nicht sonderlich überrascht, nippte die Madame an ihrer Teetasse, und lächelte mich an. "Nun, dann wollen wir doch mal sehen, was wir aus dir machen, nicht?". Ich war so perplex über ihre Güte, dass ich nur dankend nickte. Ihre Hände, gekleidet in weißen Samthandschuhen, reichten mir eine Tasse Tee. Ein Moment der Stille folgte. Ich brauchte diesen zur Realisierung dieser surrealen Szene. Auf einmal hörte ich ein lautes Poltern, das die Treppe hinunterkam. Es störte mich nicht, und riss mich auch nicht aus meinen Gedanken. Schwere Schritte bewegten sich auf uns zu, und rissen die Türe auf. Mein Blick fiel auf einen jungen Mann, gekleidet in eine Rote Weste.

"Courfeyrac, wie schön, dass du eingetroffen bist. Das ist meine neue Schülerin Christine". Seine tiefbraunen Augen, musterten mich erstaunt, und als er liebevoll meine Hand nahm und sie küsste, fielen ihm seine dunklen Locken ins Gesicht. "Ich bin sehr erfreut sie bei uns willkommen zu heißen, Christine", sagte er mit solch einer sanften Stimme, dass ich wie eingenommen auf sie reagierte. Wie in Trance, erwiderte ich seine Begrüßung und senkte den Kopf. Als er mit schweren Schritten den Raum wieder verließ, drehte er noch einmal seinen Kopf, so dass seine braunen Augen, die meinen genau trafen. "Das ist mein Neffe, Courfeyrac. Du wirst ihn hier wahrscheinlich noch öfter sehen", lachte die Madame.
"Ja, er ist sehr... nett", antwortete ich immer noch in Trance. Wahrscheinlich wäre mir dieser junge Mann nicht im Gedächtnis verblieben, nein sogar aufgefallen, hätte er nicht genau den Duft an sich getragen, der entweder mein Schicksal oder mein Verderben bedeutete.

Je älter ich werde, desto mehr wird mir bewusst, dass ich ohne meine Kunst wahrscheinlich niemals erfüllt sein werde. Ich habe immer gedacht, dass sich meine Neigung zu Träumereien mit dem Alter und vermeintlichen Realität irgendwann legen würde, aber das Gegenteil ist der Fall. Je mehr Wege ich gehe, je realer die Realität für mich wird, desto intensiver fühle ich Drang mich meiner Kunst zuzuwenden. Ich sitze in Seminaren, ich schreibe Texte, die zur Neutralität gezwungen sind, aber die Hand, die den Stift hält, ist erfüllt von dem Drang andere Worte auf dieses Papier zu bringen. Die Füße, die den Weg zur Arbeit, zur Uni gehen, möchten sich in einem anderen Takt bewegen. Meine Seele schreit nach wie vor nach Ausdruck, nach Kreativität. Und egal wie viele Umwege ich gehe, letztlich kehre ich immer wieder heim zu meiner Kunst. Hat man sich jemals selbst gefunden? Dieser Druck mich zu entscheiden, erdrückt mich. Mein Kopf ist oft kein angenehmer Ort, an dem man leben möchte.

DER STERBENDE SCHWAN

Kensington Garden war ein Ort für Träumer. Und auch an einem Morgen wie diesem, an dem die Sonne sich zwar blicken ließ, das Gras und die Pflanzen aber immer noch von der Nässe belagert wurden, die die verregnete Nacht mit sich gebracht hatte, führte ihr Weg sie in den Garten der Träume. Auf einer Bank im sattesten Grün, ließ sie sich nieder und betrachtete lächelnd zwei Vögel, die sich zu ihr gesellten. Ein Gefühl der Freiheit überkam sie, doch im selben Moment bildete sich ein großer Kloß in ihrer Kehle. Der Morgentau hatte ihre rosafarbene Strumpfhose nass werden lassen und eine Strähne ihres Haares, die nun kitzelnd ihr Kinn umspielte, hatte sich willkürlich aus ihrem Dutt gelöst. Sie schloss die Augen und genoss einen tiefen Atemzug der lauen Frühlingsluft. „Du hättest den Dutt besser frisieren müssen, Schwänchen." Zwei warme Hände berührten ihre Schultern, während die Wärme tief in ihren Körper drang. „Ich dachte du würdest heute nicht kommen", sagte sie sanft. „Jeden Donnerstag um neun", er kam hinter ihr hervor und stellte sich vor ihr auf. „Ich hatte vielmehr gedacht *du* kämst heute nicht. Wo du doch das wichtige Vortanzen hast", sagte er ließ sich neben sie auf die Bank fallen und stupste sie an, eine Geste, die sie an

Kindheit und Geborgenheit erinnerte.

„Ich höre auf, weißt du. Das war es mit einem Leben in Ketten, ich breche auf in die Freiheit." Skeptisch neigte er seinen Kopf und zog die Augenbrauen zusammen.

„Nein Schwänchen, du bist die beste Tänzerin, die ich kenne. Es wäre eine wahre Schande und verschwendetes Talent. Du liebst das Ballett." Sie schüttelte ihren Kopf und blickte in die Ferne. „Was nützt einem bloß alles Talent, wenn man ihrem Ideal doch nicht entspricht? Alle Rollen dieser Welt würde ich tanzen, gäbe man mir die Chance. Für den einen bin ich zu plump, für den anderen zu klein und der letzte ließ mich nicht einmal tanzen. Und wenn schon, wer würde jemanden wie mich auf der Bühne eine grazile Rolle tanzen sehen wollen?". Er sah sie an, mit seinen blauen Augen und schenkte ihr ein wohlwollendes Lächeln, bevor er einen Moment schwieg und dabei schmunzelnd zwei Schwäne beobachtete, die in der Zwischenzeit bei ihnen vorbeigekommen waren. „Weißt du noch, was dich damals zum Tanzen brachte?". Ihre Mundwinkel zuckten bei dem Gedanken an diese schöne Erinnerung. „Wir waren hier, an diesem Ort, und im See zwei Schwäne. Ich war fünf und du warst acht". Auch er genoss für einen Augenblick das innere Bild der Vergangenheit. „Den Abend zuvor waren wir mit Oma in der Oper gewesen und haben *Schwanensee* gesehen. Mama sollte uns hier abholen, im Kensington Garden, dort wo sie immer mit uns spazieren ging. Doch als du die zwei Schwäne in dem Fluss sahst, bekamen wir dich nicht mehr weg. ‚Mama', sagtest du, ‚Ich werde Tänzerin'". Unwillkürlich lächelte sie. „Warte nur ab, Schwänchen. Die Zeiten ändern sich, du wirst

sehen. Noch leben sie in ihrer Welt voller Vorurteile und alt-
eingesessenen Idealen, doch vielleicht wirst du schon bald An-
führerin einer vom Idealismus gelösten Revolution und tau-
sende von jungen Mädchen, werden zu dir aufsehen und sich
mit sich selbst wohlfühlen. Ist das kein Ziel?". Sie lachte.
„Und wenn nicht?". Er legte seine Hand auf ihre Schulter.
„Wirst du immer mein kleines Schwänchen bleiben". Der
Blick auf die Uhr unterbrach ihr Gespräch. Laut seufzend
stand sie auf. „Das letzte Vortanzen", sagte sie und nahm ihre
Tasche. „Werden wir uns nachher im Pub zur Versagensfeier
treffen?", fragte sie ironisch. Sehnsüchtig seufzte er und
blickte zur Seite auf den See vor ihnen. „Ich werde für eine
Weile gehen müssen". Sie frisierte die Strähne zurück in ihren
Dutt. „Gut, also nächsten Donnerstag um neun?", sie schnallte
sich den Rucksack auf den Rücken und gab ihm einen danken-
den Kuss auf die Stirn. „Danke, dass du noch gekommen bist",
zärtlich umarmte sie ihn ein letztes Mal, bevor sie sich ab-
wand. „Du wirst toll tanzen, Schwänchen!", rief er ihr hinterher. Edel knickste sie und sie winkten sich zu, dann machte sie
sich auf den Weg.

Es war seltsam ruhig in London am diesem Morgen und dennoch fühlte sie eine seltsame Spannung in der Luft. Seit gestern Abend war auch London nicht mehr sicher vor dem un-
vorhersehbaren Terror. Dies wirkte sich auf die Belebtheit der
Stadt aus, und wie sie fand, auf die eingesessenen Londoner
auch. Sie fand es schade, denn wie jede Großstadt lebte auch
London von dem hektischen und belebten Alltag. Auch als sie
heute in die Underground hinabstieg, machte ihr die Hitze dort
unten mehr zu schaffen, als sonst. Vielleicht lag dies jedoch

auch an ihrer Aufregung, die sich immer mehr in ihr ausbreitete, je näher sie dem Gebäude kam. Als sie schließlich davorstand, verschloss sie ihre Arme nervös vor ihrem Bauch und zwang sich sie wieder zu lösen, um die Türe zu öffnen. Augenblicklich stieg ihr der Geruch zertanzter Lederschuhe in die Nase und spürte die neugierigen Augenpaare der anderen Mädchen auf ihr liegen. Gelächter entstand. „Name?". Die Sekretärin, deren Verzweiflung über ihr Leben einen großen Schatten der Unzufriedenheit auf sie warf, sah sie grimmig an. Sie gab zügig ihren Namen an, und die CD ab, die ihre Musik abspielen sollte. Die Blicke der anderen ausblendend ging sie rasch in die Umkleide. Mit zitternden Händen band sie die Bänder ihrer Spitzenschuhe. Als ihr Name aufgerufen wurde, durchdrang ein starker Schmerz ihr Herz und ließ sie krampfhaft zusammenzucken. Panisch presste sie ihre Hand gegen ihre Brust und kämpfte gegen den Schmerz an, während ihre Füße sie über den Flur trugen, als waren sie aus Blei. Schon bevor sie die Bühne betrat, sah sie ihre kritischen Blicke auf das warten, was nun kommen sollte. Sie saßen dort zu dritt, Stifte und Papier lagen vor ihnen. Der Raum war stark verdunkelt, alles Licht lag auf ihr. Sie erfragten Namen und Alter. Schließlich fragten sie, was sie tanzte. „Den sterbenden Schwan". Es hallte durch den ganzen Saal, legte sich in purer Empörung auf den Gesichtern der Jury nieder und schwebte in der Luft wie ein Damoklesschwert, das nur darauf wartete, herunterzusausen und ihren Kopf zu spalten. Sie konnte ihre Gedanken schreien hören. Jemand so plumpes, so tollpatschiges sollte den elegantesten und zerbrechlichsten Part des Balletts verkörpern. Doch sie ließen sie tanzen, von Anfang bis sich am Ende, bei der letzten, alles entscheidenden Drehung ihre Frisur löste und sich ihr Haar in die Freiheit erstreckte, die sie nie hatte erfahren dürfen. Als langsam die Musik verklang, starb sie als Schwan und verließ die Bühne als Tänzerin.

Das Licht blendete ihre Augen vorerst und langsam fand sie sich damit ab den letzten Tanz getanzt und die letzte Träne vergossen zu haben. Tief atmend löste sie die Bänder ihrer Spitzenschuhe und zog ihre Stiefel an. Schweren Herzens verließ sie die Umkleide, wurde jedoch vom aufgeregten Schwarm anderer Tänzerinnen draußen im Empfang genommen, wenn auch nicht sehr positiv, denn die anderen Mädchen beäugten sie schweigend, mit einer Mischung aus Fassungslosigkeit, Unglauben und Wut. Mit kurzen Atemzügen schritt sie zur Liste und erstarrte, als die Buchstaben, die ihren Namen ergaben mit großen Lettern hervorsprangen Sie hatte die Hauptrolle. Es wirkte unwirklich, unwahrscheinlich, wie ein Traum, der niemals Wahrheit werden konnte. Auch das: „Miss?", einer aufgebrachten Stimme zerrte sich erst nicht zurück in die Realität. Als sie sich endlich dazu durchrang sich umzudrehen, sah sie zwei kühlen blauen Augen entgegen. Die Person, die vor ihr stand, und offenbar mit ihr sprach, strömte eine unheilvolle Düsternis aus. Sie sah die Frau eindringlich an. „Gestern Abend hat es einen Anschlag in London gegeben. Ihr Bruder ist dabei tödlich umgekommen. Sie sind seine letzte lebende Angehörige, darum bin ich hier. Es gibt ein paar Dinge, die ich mit Ihnen besprechen müsste."

Es war, als bewegte sich der Mund der Frau in Zeitlupe. Erst jetzt merkte sie wie warmes Blut aus ihrem Schuh rann und den Teppichboden tiefrot einfärbte. Der Schwan war gestorben. Draußen regnete es.

Während ich hier sitze und noch immer nur ganz knapp vorm Abschluss stehe, sitzen neben mir die Absolventen mit ihrer Dozentin. Wann sitze ich endlich dort? Ich bin nun fast vierundzwanzig Jahre alt und fühle mich so alt, und doch so jung. Meine Zeit rennt und ich will ihr nicht folgen und mich in ein Leben entführen lassen, das mich in die Eintönigkeit verbannt. Ich bin Ehefrau, Studentin, Künstlerin und Historikerin, Mensch der Emotionen und gleichzeitig Mensch des Verstandes. Alles und dennoch irgendwie nichts. Unerfülltes Talent, dem mein Lieber Freund die Zeit ein Strich durch seine Rechnung macht. Ich könnte alles sein, und bin dennoch immer nur die wartende Studentin, immerzu ganz knapp vor ihrem Abschluss.

BEFRIEDIGEND PLUS

Lange Zeit war es keinem aufgefallen. Sie stand auf, wie immer, kam nach Hause, wie jeden Tag und ging zu Bett, wie sonst auch. Sicher, sie sprach nicht viel, auch machte sie nicht oft Anstalten etwas von sich zu berichten. Aber war das nicht normal in ihrem Alter? Benahmen sich nicht die meisten jungen Leute so? Dieses gekünstelte Desinteresse, bloß keinen wissen lassen, dass es einen doch kümmerte und diese gespielte gelangweilte Haltung, welche vorgaukeln sollte, man sei emotional zu kalt oder zu cool, um sich die Dinge zu Herzen zu nehmen. Es war nun mal eben kein Vorurteil, bei den meisten traf dieses Verhaltensmuster zu. Auch bei ihr hatten lange Zeit alle gedacht ihr Verhalten sei nur ein Produkt ihres Alters, eine Konsequenz der sich wandelnden Hormone. Wie hätte jemand die Wahrheit ahnen können? Dann eines Tages kam sie nicht herunter. Man schrie ihren Namen, man ärgerte sich über ihre Verspätung, das Essen stand auf dem Tisch, es könnte abkühlen. Überall rollten die Augen, Seufzer entkamen aus sämtlichen Mündern. Nach einer gefühlten Ewigkeit hörte man schwerfällige Schritte die hölzernen Treppenstufen herunter gehen. Überall hörte man entnervtes Aufatmen und als jeder über das Essen herfiel, bemerkte kaum ein jemand die

Schatten unter ihren Augen, den leidenden Gesichtsausdruck, die ausgemergelten Wangenknochen. Sie war blass, eine Erscheinung, kaum noch vorhanden. Man schob es auf die Erschöpfung, schließlich hatte sie seit Tagen keine Freizeit mehr gehabt, war bis spät nachmittags in der Schule gewesen und auch sonst hatte man sie kaum gesehen. Und doch musste es gravierend gewesen sein, denn so sehr man es auch auf die Erschöpfung schob, ihr äußerer Zustand zog Aufmerksamkeit auf sich. Man merkte etwas stimmte nicht. Trotzdem spielte man es herunter, machte Scherze und merkte kaum, dass sie nicht lachte. Es fielen Beschuldigungen „Du Sensibelchen", „Komm erst einmal im wirklichen Leben an, da weißt du, was Arbeit bedeutet". Sie ertrug, sie schwieg, sie atmete tief. Innerhalb von wenigen Sekunden nahmen ihre Augenringe ein größeres Ausmaß an, ihre Wangen fielen ein bisschen mehr ein. Man sah sie schlucken. „Iss etwas!", sagte man ihr, „Du hast immer so gerne gegessen. Ich habe deinen Lieblingsnachtisch gemacht". Sie schüttelte den Kopf. „Ich habe Bauchschmerzen", beteuerte sie leise, „Ich werde wohl krank". Man tat es mit einem Schulterzucken ab. Befand sie sich halt in einer erneuten Diätphase, das war ganz normal für ihr Alter. Jedes Mädchen verhielt sich so, jeder durchlief diese Phase. Und nun? Man sollte sie in Ruhe lassen, sie brauchte jetzt keinen, sie brauchte nur Ruhe. Also stand sie auf, nahm ihren Teller und knallte ihn auf die Küchenspüle. Völlig normal in ihrem Alter. Man hörte sie genauso schwerfällig die Treppen hinaufgehen, wie sie sie heruntergegangen war. Die Zimmertür knallte ins Schloss. Man stöhnte genervt und sehnte sich das Ende der Pubertät herbei. Am nächsten Morgen verließ sie das

Haus, wie sie es immer tat. Sie sagte nicht auf Wiedersehen, was zwar untypisch für sie war, aber immerhin befand sie sich in einer anstrengenden Zeit, in einem Umbruch. Als die Wäsche fertig war, brachte man sie ihr ins Zimmer. Man hatte es schon länger nicht mehr gesehen, da sie selten abends herauskam, oder die Tür offenließ. An den Wänden hingen zettelweise Notizen, dessen Inhalt man bloß schwer Verstand und man fragte sich, ob man selbst solch kompliziertes Zeug in der Schule gemacht hatte. Es sah unordentlich aus, chaotisch, der Mülleimer quellte über. Einzig und allein der Schreibtisch war fein säuberlich hinterlassen worden. Ärgerlich über die Unordnung nahm man den Inhalt des Mülleimers und wollte ihn hinunter in die Mülltonne bringen, da sah man sich ihn näher an. Rote Schrift auf weißem Papier, darunter Anordnungen, Apelle, Anweisungen. Zuletzt die Worte „Gut minus", „Gut plus" oder auch „Sehr gut minus". Das Papier war zerknüllt, die Arbeiten zerrissen. Die Apelle waren bloß schwer leserlich, häufig mit Formulierungen versehen wie *„Arbeite noch daran…"* oder *„Verbessere deine…"* nicht minder häufig *„Achte mehr auf deine…"*. Man fragte sich, weshalb sie solch gute Ergebnisse wegwarf, verstand jedoch die überkritischen Aussagen darunter genauso wenig. Man fand alles sehr suspekt. Schließlich landeten die Zettel und die Vorwürfe in der Mülltonne.

Am Nachmittag fand man sie im Feld, um sie herum ein unwirklich scheinender, roter Untergrund. Neben ihr fand man einen Zettel. „Befriedigend plus". Den Rest hatte sie wuterfüllt zerrissen. Man hat es nicht gemerkt.

Die letzten Tage hat es richtig geschneit und die Welt funkelte, als wäre sie aus Glitzer. Irgendwie fühlen sich die Tage in letzter Zeit alle gleich an, ein Kreislauf aus Morgen und Abenden, was an sich gut ist, denn Kreisläufe zeigen, dass man am Leben ist.

Und während die Welt vor meinen Augen glitzert, wie ein Winterwunderland, stelle ich mir die warme Sonne des Sommers vor, als sei ich gerade in jenem Augenblick an einem ganz anderen Ort, an dem es nichts gibt als Wärme, Frieden und Glück.

DIE LIEBENDEN

Die erbarmungslose Kälte des verregneten Tages grub sich nasskalt durch seine Kleidung und sickerte feucht und unangenehm in seine Haut. Fröstelnd zog er den Mantel enger um seinen Oberkörper und schlang sich den Schal um den Hals, bis er dessen Flusen an den Lippen kleben spürte. Ströme von hektischen Lichtern, Autos, Straßenbahnen, LKWS flossen surreal an ihm vorbei, ohne dass er sie wirklich wahrnahm. Sein Blick glitt Hilfe suchend über die Straße, wenn auch er sich sicher war von niemandem in dieser Angelegenheit Hilfe erwarten zu können. Beinahe blind stürmte er wahllos über die Straße, wusste nicht, wohin er ging, wusste nicht, wohin er wollte. Was er wusste, war, dass er gehen musste. Raus aus seiner natürlichen Umgebung, hinfort von den Menschen, die er kannte und schätzte. Seine Beine trugen ihn in eine ihm unbekannte Gegend. Reihen dunkel wirkender Bäume zierten die Straßenränder. Wenn auch bewohnt, standen die Gassen und viktorianischen Häuser einsam und verlassen da. Allein war er nun und Einsamkeit hatte er gewählt. Nicht, um vor seinen Gedanken zu flüchten, nein, um sie zulassen zu dürfen. Und als er verloren und verzweifelt die verlassene Gasse entlangging, rannten die Tränen über seine

Wangen, so unglaublich leicht und doch so unfassbar schwer. Ein leises Schluchzen entkam aus seinem Mund, als er sich mit dem Handrücken über die eingenässten Wangen rieb. Der Schmerz überwältigte ihn mit jeder einzelnen Träne, die lautlos auf den Boden tropfte. Hier würde ihn keiner finden, hier in der Niemandsgasse. Er ließ sich auf eine heruntergekommene Bank sinken, deren weiße Lasur samt der ersten Holzschicht bereits abgenutzt war und merkte, wie sich einzelne Holzsplitter durch seinen Mantel in die Haut rammten. Nicht einmal halb so schmerzhaft, dachte er und drückte sich mit voller Kraft an die Rückenlehne. Doch egal wie viele Splitter den Mantel durchbohrten, sie konnten den Schmerz, den er in sich trug, nicht verdrängen. Er presste die Augen aufeinander und sog die kalte Winterluft ein. War er noch lebendig? Innerlich fühlte er sich wie tot, eine ausgelaugte Schale menschlichen Daseins, existent zum Spott und ausgetrocknet in ihrem Inneren. Da, er öffnete die Augen. Auf einmal hörte er eine ihm bekannte Melodie. Sie zog ihn auf die Beine und führte ihn durch die Straße. Er hatte stets gedacht die Stadt, in der er lebte, zu kennen, doch das Gebäude, vor dem er stand, bewies ihm das Gegenteil. Eine Kirche, mit feingearbeiteter gotischer Fassade. Das letzte, was er jetzt hätte gebrauchen können. Und doch weckte diese Melodie, diese ihm bekannte Abfolge von Tönen, seine Neugierde und lockte ihn in das Innere. Zögernd nahm er seine Hand aus der Manteltasche und legte sie auf den Türknopf, den er langsam herumdrehte und sich Eintritt in das Gotteshaus gewährte. Ein Schwall Weihrauch kam ihm aus dem Inneren entgegen, die Kirche war verlassen und überschaubar. Auf der Empore war niemand zu sehen. Doch jemand musste dieses Stück doch gespielt haben, dachte er. Er hatte es noch gehört, so lebendig, so warm und voller Liebe. Bei diesem Wort krampfte sich sein Magen zusammen. Wie konnte er es wagen, gerade er, in dieses Haus einzutreten, wo er doch voller Sünde war. Wie konnte er es wagen auf Geborgenheit zu hoffen, auf ein paar Arme, die ihn sicher umschlossen und ihm Wärme spendeten. Und als er mit feuchten Augen aufblickte, auf den vergoldeten Altar brachen die Dämme und er sank auf eine Kirchenbank, laut schluchzend, die Hände vor die Augen gepresst. Hin und her wippend schrie er die Verzweiflung aus sich heraus, ließ die Tränen laufen und hauchte es immer und immer wieder. *„Vergib mir"*. Wie in Trance kniete er da, eingetaucht in Dunkelheit, den Kopf auf die Banklehne gelegt, als auf einmal eine warme Hand seinen Kopf berührte, ganz sanft und vorsichtig. Ungläubig schlug er die Augen auf. „Mein Sohn". Die Stimme war dunkel und doch so hell. Sein Haar hatte die gleiche Farbe, wie der Bart, beides lang und verwildert, doch seine Augen drückten Sensibilität aus, eine Herzlichkeit, wie er es zuvor noch bei keinem gesehen hatte.

„Wie groß muss dein Schmerz sein, dass du ihm derart Ausdruck verleihst?", fragte er ihn. Da schüttelte er den Kopf und spürte eine weitere Träne über die Wange laufen. „So groß, dass ich ihm keinen Ausdruck verleihen kann", erwiderte er, woraufhin der Priester mit einer Hand auf den Beichtstuhl verwies und ihm einladend die zweite entgegenstreckte. Er wusste nicht weshalb, denn er hatte nichts von einem Priester zu erwarten, doch er ergriff sie, voller Hoffnung und Sehnsucht nach Erlösung. Gemeinsam gingen sie zum

Beichtstuhl, in welchem er sich hinkniete und das Gitter zur Seite schob. „Nun denn, mein Junge, was führt dich heute zu mir?", fragte ihn der Priester sanft und einfühlsam. Er schluckte heftig gegen den Kloß in seinem Hals an und knetete sich die Hände, bevor er sie faltete. „Vergib mir Vater, denn ich habe gesündigt", presste er hervor.

„So erzähle mir von deinen Sünden", lud der Priester ihn ein. Er nahm einen tiefen Atemzug und erwiderte mit erstickter Stimme und pochendem Herzen.

„Ich liebe. Aber ich empfinde Liebe für die falschen."
„So? Woher weißt du, dass du deine Liebe in die falschen investierst, mein Sohn?". Die Tränen liefen erneut, unkontrollierbar und voller Angst. „Weil es nicht standesgemäß ist *so* zu lieben. Weil ich unnormal bin *so* zu lieben. Weil ich verstoßen werde dafür *so* zu lieben." Der Priester verstand augenblicklich. „Die Liebe, mein Sohn ist nicht standesgemäß, die Liebe ist nicht unnormal, sie darf nicht verstoßen werden. Die Liebe ist das größte Gut, das wir Menschen zu geben haben. Sie kann nicht minder oder wertvoller eingestuft werden, je nachdem für wen wir sie empfinden. Die Liebe hat keine Ziele, keine Absichten. Sie ist ein Gefühl, sie ist da, präsent und für jeden von uns gleich. Die Liebe kennt keinen Standard, die Liebe kennt nur den Menschen. Und Menschen sind wir alle." Doch er schüttelte den Kopf.

„Doch wie soll ich vor den Menschen, die ich liebe, gleich sein, wenn sie mich doch als unnormal betrachten?". Der Priester richtete seine Stimme gegen das Gitter.

„Vor Gott sind wir alle gleich mein Sohn, und Gott ist es der uns liebt, jeden so, wie er ist, in unserer puren und natürlichsten Form. Gott geht es nicht um die Person oder das Geschlecht, Gott geht es um das Gefühl. Ich liebe meinen Vater, ich liebe meine Brüder und ich liebe meine Freunde. Und Gott ist es egal, dass alle dieser Personen dem gleichen Geschlecht entspringen. Denn die Liebe macht uns zu besseren Menschen und dies sollte unser einziges Ziel sein. Wir alle wurden gelehrt Jesus zu lieben, unseren Gott zu lieben, egal, ob Mann oder Frau. Gott selbst kennt kein Geschlecht, er ist ein Wesen frei von allen irdischen Idealen. Gott ist alles und wir sind alles. Wir sind genug, genau in der Art, wie wir sind." Seine Tränen waren getrocknet, sein Herz fing an zu heilen und von Sekunde zu Sekunde wurde es von dem Schmerz befreit. „Sag, ist mir vergeben, Vater?", fragte er leise. Der Priester sog langsam die Luft ein.

„Der Herr befreie dich von all deinen Sünden, denn er liebt. So, wie du."

„Wie soll ich Reue üben?", fragte er demütig.

„Gehe hinaus, und Liebe", war die Antwort. Er stellte sich auf und faltete erneut die Hände. Als er im nächsten Moment den Beichtstuhl verließ, wurde er beinahe von jemandem umgelaufen, der ihn mit geschockten Augen ansah.

„Entschuldigen Sie, aber die Kirche ist geschlossen", stieß er halb verwundert halb wütend hervor.

„Der Priester hat mich zu einer Beichte eingeladen", entschuldigte er sich, doch der Mann riss bloß die Augenbrauen empor. „Priester? Hier ist kein Priester anwesend. Diese Kirche ist geschlossen!". Er drehte sich um und wollte auf den Beichtstuhl verweisen, da bemerkte er, dass er verlassen war. Stutzig blinzelte er und verabschiedete sich dann. Er hatte es sich doch nicht eingebildet? Dann verließ er die Kirche und blinzelte in das helle Tageslicht herein. Als er die Stufen hinabstieg, bemerkte er aus dem Augenwinkel eine Person. Weit von ihm entfernt stand er, doch das Priestergewand hatte er gegen eine braune Kutte ausgetauscht. Als er verstand, schenkte er ihm ein warmes Lächeln. Der Mann hob seine Hand und nickte ihm wohlwollend zu. Da machte er kehrt und ging in die Welt herein. Liebend.

Ein Mädchen fragte mich letztens, ob ich mich noch daran erinnern könnte, wer meine erste Liebe war. Instinktiv wollte ich antworten: „klar, mein erster Freund!"

Aber stimmt das wirklich?

Die erste Eingebung, die ich hatte, war: meine erste Liebe... das waren Geschichten. Ja, ich erinnere mich daran! Spannende Geschichten, ruhige Geschichten, Liebesgeschichten, in Büchern, in Filmen, in der Kunst, in der Musik...

Ich frage mich oft, welche meiner Lieben zuerst kam, weil da so viel Unterschiedliches ist. Aber die Antwort darauf ist nicht ganz einfach. Denn keine kam zuerst. Es mögen verschiedene Wege gewesen sein sie zu erzählen, aber am Ende galt meine Liebe immer nur den Geschichten, und diese sind es, die all meine Leidenschaften miteinander vereinen.

Ich liebe die Historie. Es ist mir egal, wie viele Historiker behaupten man müsse immer nüchtern und sachlich und wissenschaftlich sein. Ich jedenfalls bekomme jedes Mal Herzklopfen, wenn ich an einem Ort stehe und weiß, hier sind sie passiert, all die Geschichten.

Ich bin fasziniert von Menschen und fasziniert von ihrem Leben.

Und wer Geschichten erzählt, der belebt die Vergangenheit.

Ich denke zunehmend über Lyrik nach.

Viele sagen sie könnten mit Lyrik nichts anfangen, gemalte Kunst ist greifbarer, präsenter, einfacher zu verstehen. Dabei macht die Lyrik nichts anders als die Kunst. Sie malt uns ein Bild mit Worten, wir sehen dieses Bild und spüren die Gefühle, die es in uns hervorruft. Lyrik kommuniziert auf einer einzigartigen, persönlichen Ebene, denn alles war wir vor unserem inneren Auge sehen, wenn wir ein Gedicht lesen, wird kreiert von unseren Eindrücken, Gefühlen und Erinnerungen. Alles, was diese Worte schaffen vor unsere Augen zu zaubern, all das... sind wir. Menschen lesen alle dieselben Worte, doch sehen unterschiedliche Bilder.

Lyrik, möchte ich behaupten, ist ein unserer internalisierten Persönlichkeit und einzigartig für jeden von uns.

NACHWORT

Das Buch hier ist für alle Kämpfer,

Die trotz allem Leid,

Immer noch solche sind.

Meine Texte sind für euch bestimmt.

Diese Welt, dieses Leben ist nicht für eine Norm oder Ideale

reserviert, denn jeder Mensch hat ein Anrecht auf Glück.

Erzählt eure Geschichte, habt Mut.

Ich für meinen Teil, werde weiter für uns alle schreiben, und

ich hoffe, dass ich damit Hoffnung geben kann.

Hoffnung ist das Einzige in diesem Leben, was stärker ist als

Angst

Ich widme dieses Buch meiner Mutter, in deren Armen ich noch als erwachsene Frau einschlafen durfte, als ich sie am dringendsten gebraucht habe, meinem Vater, dafür, dass er mir all die Jahre gezeigt hat, wie wichtig Lebenswille und Ehrgeiz sind, meiner Oma, die mir Hoffnung gegeben hat, das alles am Ende gut werden kann und all jenen, die mir mein Leben zur Hölle gemacht haben und mir versucht haben einzureden ich würde nichts schaffen. Ich wünsche euch, dass ihr irgendwann schafft eure Unsicherheiten so zu überwinden, dass ihr niemandem dafür mehr schaden müsst. An die Lehrer, die mich vor der versammelten Klasse runtergemacht haben, die mir gesagt haben, ich würde mein Abitur nicht schaffen, die als ausgebildete Pädagogen unschuldige Heranwachsende bloßstellen und sich der Macht erfreuen, die ihnen durch ihr Amt verliehen wird: Ich hoffe Sie reflektieren sich selbst und investieren irgendwann Ihre Machtstellung darein Heranwachsende zu stärken, ihnen Mut zu machen und sie auf ihrem Weg mit all ihren Ängsten und Unsicherheiten zu unterstützen, denn das ist eigentlich das, wofür Sie das Lehramt studieren sollten.

Außerdem danke ich all den Geschichten, die mir geholfen haben wieder auf mich selbst zu vertrauen und mir über Jahre hinweg treue Freunde gewesen sind.

Am Ende sind wir alle Geschichten.

Deshalb… machen wir das Beste daraus.

(Das ist übrigens aus *Doctor Who*)